# BBC
# DOCTOR WHO
## Apollo 23
### 阿波罗23号

（英）贾斯廷·理查兹 / 著
吕灵芝 / 译

新星出版社　NEW STAR PRESS

DOCTOR WHO: Apollo 23 by Justin Richards
Copyright © 2010, 2015 Justin Richards
First published by BBC Books, an imprint of Ebury, Ebury Publishing is part of the Penguin Random House group of companies. Doctor Who is a BBC Wales production for BBC One. Executive producers: Steven Moffat, Piers Wenger and Beth Willis. BBC, DOCTOR WHO and TARDIS (word marks, logos and devices) are trademarks of the British Broadcast Corporation and are used under licence.
This edition arranged with Ebury Publishing
through Big Apple Agency, Inc., Labuan, Malaysia.
Simplified Chinese edition copyright:
2018 Chengdu Eight Light Minutes Culture Communication Co.,Ltd.
All rights reserved.
The Cover is produced by Woodland Books Ltd.
著作权合同登记字：01-2018-4722

图书在版编目（CIP）数据

阿波罗23号／（英）贾斯廷·理查兹著；吕灵芝译．—北京：新星出版社，2018.8
ISBN 978-7-5133-3163-0

Ⅰ．①阿… Ⅱ．①贾… ②吕… Ⅲ．①科学幻想小说－英国－现代 Ⅳ．①I561.45

中国版本图书馆 CIP 数据核字 (2018)第 146401 号

## 阿波罗23号

（英）贾斯廷·理查兹 著；吕灵芝 译

**责任编辑：** 汪 欣
**特约编辑：** 姚 雪 胡怡萱
**责任印制：** 李珊珊
**装帧设计：** 付 莉

出版发行： 新星出版社
出 版 人： 马汝军
社　　址： 北京市西城区车公庄大街丙 3 号楼100044
网　　址： www.newstarpress.com
电　　话： 010-88310888
传　　真： 010-65270449
法律顾问： 北京市岳成律师事务所

读者服务： 010-88310811　service@newstarpress.com
邮购地址： 北京市西城区车公庄大街丙 3 号楼100044

印　　刷： 北京利丰雅高长城印刷有限公司
开　　本： 910mm×1230mm　　1/32
印　　张： 8
字　　数： 100千字
版　　次： 2018年8月第一版　2018年8月第一次印刷
书　　号： ISBN 978-7-5133-3163-0
定　　价： 36.00元

版权专有，侵权必究；如有质量问题，请与印刷厂联系更换。

献给吉姆、尼克和西蒙——午餐的绅士们

距离死亡还有二十分钟，唐纳德·巴宾格尔正撕着他的芝士三明治喂鸽子。

天气阴冷，鸽子在享用那些面包屑时，似乎也很感激他的关照。它急切地啄食着面包，对芝士和酸黄瓜视若无睹。巴宾格尔坐在通往舞台的台阶上，用大衣紧紧地裹着自己。这个舞台坐落在图书馆旁的公园里，是附近少年们夜晚厮混之地。舞台围栏锈迹斑斑，坑坑洼洼的地板上遍布早已被踩得发黑的口香糖残骸。好在这里还有个四处开裂的破屋顶，能勉强遮挡绵绵不绝的细雨。

距离死亡还有十分钟，唐纳德·巴宾格尔把剩下的三明治塞进嘴里，对鸽子抱歉地笑了笑，随后站起身来。他准备绕着小公园漫步一圈，然后回办公室去。哪怕外面天气不怎么好，他也喜欢午休时出来透透气。巴宾格尔认为，呼吸点新鲜空气是个很好的主意。

鉴于他即将遭遇的死法，那主意就有些讽刺了。

巴宾格尔缓步走在小公园里，心思已经回到下午必须整理好的电子表格上了。他碰见一位推童车的年轻妇人，对她点头致以无声的问候。他又邂逅一位身穿红色雨衣正在遛狗的女性，便对她微笑了一下。他看见被风吹成团塞在花坛低矮金属栏杆脚下的垃圾，痛心地摇了摇头。他再次为那座新购物中心的兴建疑惑不已，不知道开发商究竟是怎么获得许可的，毕竟它那灰色的水泥和玻璃的投影径直覆盖到了公园尽头。他的同事曼蒂可能现在还在完美汉堡店排队等她的午餐。那多浪费时间啊，为何不自己带三明治来呢……

如果巴宾格尔知道自己的生命只剩下五分钟，他可能就不会计较曼蒂浪费的时间了。

剩下的五分钟里，他花了大部分时间走完剩下的路程。最后三十秒，他看了一眼手表，发现午休快结束了，于是转身走向舞台。刚才那位带孩子的母亲已经走到公园另一头。牵狗散步的女性也不见了踪影。

巴宾格尔决定不再沿小径绕行，而是直接横穿公园。该回公司埋头处理账目了。没错，这是个明智的决定。

就是这个决定害死了他。

唐纳德·巴宾格尔快要走到舞台边时，突然胸口一紧，呼吸变得十分困难。他眼前一片模糊，顿觉天旋地转。他眨眨眼，又摇摇头，想让视线恢复正常，可周围的世界全都变成了灰色，连天空也黯淡下来。

他的呼吸变成凌乱的喘息，胸口越绷越紧。脚下湿润的草地化为干燥的灰土，购物中心消失了，舞台不见了，所有东西都踪影全无，取而代之的竟是……

"哦我的——"巴宾格尔张嘴说道。

可他口中没能吐出只言片语。

他没有用来说话的气息。

巴宾格尔跪倒在地，双手撕扯着灼痛的喉咙。他的舌头泛起白沫，仿佛唾液在沸腾；他的双眼似乎随时都会爆裂。巴宾格尔感到全身肿胀发飘。他仰天倒下，不住地颤抖抽搐。他感到寒彻骨髓。

突然，他不再动弹。小雨落在他脸上，淌进直勾勾地瞪着、了无生气的眼里，不一会儿又漫出来，像泪水般缓缓滑下面庞。

"当然，我们需要做一次尸检。"病理学家说。

巡佐点点头。他等摄像师完成工作后，示意等候在旁的救护人员上前。

"把他带走吧，这可怜的家伙。"他转向病理学家，"你怎么看？"

温特伯恩医生耸了耸肩。他跟警方合作二十多年，早已学会凡事不能随便表态，但也知道，有些时候快速诊断，对案件侦破能起到关键作用。"很可能是心脏衰竭。排除已经身亡这个事实,他看起来健康得很。只是世事无常,看上去年轻力壮并不意味着……"他叹了口气,"总之世界上并不存在公平。"

里克曼巡佐压下笑意,"感谢您的评点。"

"我指的是这类祸福难测的事。"

"我知道。"

两人神情肃穆地看着救护人员为担架车上的尸体盖上黑色塑料布。

"嗯,八成是心脏衰竭。"温特伯恩断言,"不过有一点很奇怪——他的皮肤颜色,还有舌头状态……"他吞吞吐吐地说,"这些都符合窒息症状,就好像他是被掐死的。"

"他死的时候是一个人。"里克曼平淡地说,"那个带孩子的女人在公园门边看见他出事的,说他突然捂着脸跪倒在地。她当时刚把孩子从童车里抱出来,无法丢下孩子不管跑过去救人。于是,她一直在原地呼救,直到有人发现异常。"

救护车汇入车流。一小群人站在警戒线外围观。一个地方报纸的记者挥舞着手上的速记本,想引起巡佐注意。

"尸检有消息了告诉我。"警官说,"眼下我们先假定这是自然死亡,暂无可疑情况。你同意吗?"

"可以,可以。"温特伯恩赞同道,"那边楼上有家很小的意大利餐馆,你知道吗?"他指着高耸得充满压迫感的购物中心的弧形玻璃外墙说。

"你觉得那里可能有其他目击者?"

"我在想我还没吃午饭呢。"温特伯恩纠正道,"晚点联系你。"

那个太空人出现时,曼蒂已经在完美汉堡店排了十分钟队。

这里不止卖汉堡。她通常会点一份金枪鱼沙拉,这比汉堡要健康一些,然后再来点薯条。可今天又阴又冷,她不太想吃沙拉。所以当太空人出现时,她正忙着研究菜单牌。

上一刻他还不在那里,下一刻却突然现身。可能是因为她眨了眨眼睛。那人一定是从洗手间或其他什么地方开门出来的。奇怪的是,她竟没有注意到这么一个人。毕竟一个身穿臃肿太空服、头戴圆形大头盔的人,绝不可能凭空出现。

他站在原处怔怔地盯着曼蒂。至少她是这么觉得的。因为那人的头盔上镀了金色涂层,曼蒂看不见他的脸,只能看到上面映出的排队人群,而此时正有越来越多人转过来看他。

身穿太空服的宇航员笨拙地动了起来。他动作僵硬地走向曼蒂,像企鹅一样左摇右摆——他的双腿似乎无法正常弯曲,以至于动作极其不协调。

他越走越近,曼蒂几乎一伸手就能碰到他,此时太空人停了下来,他身后的地板上多出了一道细碎灰尘。曼蒂还发现,他巨大的靴子上也沾满了同样的灰尘。那道痕迹在菜单牌旁边戛然而止，仿佛他真是片刻之前从天而降出现在此地的。

"肯定是来打广告的。"曼蒂身后有人说。

"对，来推销的。"另一个男人附和道，"他马上要说自己刚吃到全太阳系最好吃的比萨，或别的什么东西了。"

此时队列已不成形状，所有人都围在太空人周围。人们甚至从别的快餐店跑过来看热闹，楼上商店里的人也跑到走廊上向下张望，笑着对太空人指指点点。如今广告噱头如此之多，这个看起来效果还不错。

太空人抬起双手，笨拙地摆弄着连接太空服和头盔的搭扣。

"我猜他穿那一身肯定热坏了。"

"他到底是推销什么的？你觉得会是新上映的电影吗？"

随着空气泄压的声音，搭扣松开了。宇航员把头盔往旁边一转，随后取了下来。

在头盔下面，那人还戴了顶类似巴拉克拉法帽[1]的白色兜帽，那上面还有个头戴式耳机一样的东西，听筒与麦克风一应俱全。他抱着大头盔的样子看上去更加笨拙了，于是，曼蒂本能地伸手拿过了他的头盔。

"谢谢，女士。"那人声音低沉，操着一口美国口音。曼蒂

---

[1] 一种遮住头部和大部分脸部、只露出双眼（有的也露出鼻子）的帽子。

还看见他肩膀上印着小小的美国国旗，她猜测国旗下那几个字应该是他的名字——加勒特。

空出双手后，宇航员摘掉兜帽，露出一头深色短发。他看上去三十来岁，宽厚的鼻梁上是两道几乎连在一起的粗眉。他把耳机从兜帽上拆下来，懊恼地凝视着。

"你们有谁能给我手机用用吗？"

曼蒂身后的男人笑了起来，"我倒是有个移动电话可以借给你。"[1]

"这儿可不是堪萨斯！"另一个人喊道。

"嗯，我猜也是。"宇航员加勒特轻笑一下，但曼蒂还是从他的灰色眼眸里看到了满满的担忧。宇航员摇摇晃晃地走过去，接下那人递来的电话。

他看了看手机上小巧的按钮，又看了看自己戴着手套的粗笨手指。

"我帮你拨号吧？"曼蒂问道。她把头盔交给另一个女人，随后拿起电话。她按照宇航员的指示输入号码。那串号码以001开头——那不就是美国的国际长话区号吗？曼蒂十分庆幸这通电话不会算到她的账单上。

---

1. 此处突出了英美两国的语言差异，以及两国人民在这一方面的互相嘲讽。宇航员说的是给（loan）手机（cell phone），围观者回答的是借（borrow）移动电话（mobile）。

"正在接通。"她把电话递了回去。

一只戴着手套的大手将电话彻底裹住。加勒特把电话举到耳边。周围一片寂静,所有人都竖起耳朵等他说话,想知道他到底在搞什么促销。

在安静的购物中心,在完美汉堡店门前,加勒特的声音清晰可闻:

"休斯敦——"他说,"我们有麻烦了。"

# 1

午餐高峰接近尾声,停车场里有了几个空位。

一阵突如其来的清风扬起秋日落叶,把它们吹卷得不自然地打起旋儿来。刺耳的摩擦声破空响起。随着一声直截了当的扑通钝响,片刻前的空位上赫然出现一座深蓝色的警用电话亭。它横跨两个车位,顶上的信号灯持续闪烁了一会儿。

很快,塔迪斯的大门打开,博士走了出来。他饶有兴趣地环视一圈周围停放的车辆,然后抬头看向铅灰色的天空。他眨掉落入眼里的雨水,将湿成一团的头发甩松。最后他正了正领结,抻了抻起皱的外套,把自己打理整齐。

"太棒了。"艾米也走出来站在他身后。微风拂起她脸侧的红发。"我们到了停车场星,这可是沥青星系最具魅力的行星之一。"

博士煞有介事地点点头,"但实际上,"他说,"这里也可能是地球,以我行家的眼光来看,极有可能是英国。"

"你是从车牌上看出来的。"艾米说。

"不，我看的是天气。你瞧瞧。"博士摊开手，让细雨湿润他的手心。

"我知道雨长什么样子。"艾米告诉他，"我可是苏格兰人，你忘了？"她在牛仔裤兜里胡乱摸索，又说："带钱没？"

"有好几吨呢。"

"我是说能使的钱。比如零钱，机器用的。"

博士茫然地看着她。

"算了。"艾米从口袋里翻出一枚一镑硬币和几个十便士钢镚儿。

博士饶有兴致地看着她把硬币塞进旁边的电子计时表里，然后按下一个绿色大按钮。

"你在干什么？"

"拿票。"她看着停车票打印出来，落到机器底部的小凹槽里，"这是凭票停车系统。"

"凭什么票？"

"停车票。"

艾米走回塔迪斯，把停车票卡在一扇门玻璃的下缘。

"我们要留在这儿？"见她走出来关上门，博士问道。他朝贴在玻璃后面的停车票努努嘴。

"就几个小时。我只有这么多零钱。"

"那我们要干啥？"

艾米带头走向一座仿佛由玻璃和水泥堆砌而成的巨大建筑。

"采购。"

博士点点头,对着天上的小雨皱起了鼻子。"宇宙这么大,"他跟随艾米走进水泥和玻璃构成的购物长廊,大吐不满,"我们拥有整个时间和空间。从班德拉兹马克西玛[1]的诞生,到法比戈恩[2]的热寂[3],从艾奇威兹[4]的顶峰,到巴科夫比杨[5]……可你却要逛商场。"

一位个头矮小的老奶奶拄着拐杖转过来,狐疑地看着他。博士朝她笑了笑,说了声:"你好。"她马上离开了。

"采购点东西没有坏处,反正迟早要买的。我们还能在这儿吃午饭。"艾米说着,指了指旁边墙上的时钟。

"午饭?"博士嘟起嘴,双手插进上衣口袋里,"那好吧,我有几个世纪没吃过午饭了。"

商场二楼有间小小的意大利餐厅。艾米挑了靠窗的座位,从那里能看到外面那个带舞台的小公园,同时还能看到楼下正在排队购买汉堡及其他快餐的人们。

---

1.2. 作者杜撰的名词。
3. 猜想宇宙终极命运的一种假说。根据热力学第二定律,作为一个"孤立"的系统,宇宙的熵会随着时间的流逝而增加,由有序向无序,当宇宙的熵达到最大值时,宇宙中的其他有效能量已经全数转化为热能,所有物质温度达到热平衡。这种状态称为热寂。
4.5. 作者杜撰的地点。

博士审视着夹在盐瓶和胡椒瓶之间的塑封菜单。"是他们过来还是我们过去?"他问道,"我没看见这上面有牛奶。"

"他们要卖咖啡,那肯定得准备牛奶。除非店里用的是那种小盒奶精。"

"我打赌他们用的就是小盒奶精。"博士靠在椅子上向后仰,用两条椅子腿摇摇晃晃地支撑着自己,修长的手指彼此交叠在脑后。"是他们过来还是我们过去?"他大声问,"我是说,去点餐。"

艾米过了好一会儿才意识到他并没有问她,而是在问坐在他身后那桌的人。那人穿着一身起皱的暗色西装,头发灰白,看上去有五十岁了。

但对方没有回应,于是博士设法将重心集中到一条椅子腿上,整个人转了过去,正对坐在桌子另一头的人。

"哦,抱歉,"那个人说,"对,是他们过来。反正我是这样。"他对艾米和博士微笑道,"当然,可能因为我比较特别。"

"每个人都很特别。"博士对他说,"你瞧艾米,她就真的很特别。我是博士。"他伸出一只手。

那人礼貌地撑起身子与他握手,"我也是[1]。"

---

1. 英语中,"博士"与"医生"是同一个词。

博士微微皱起眉。"宇宙真小。"他朝男人面前那盘意面努努嘴,"你吃得不多啊。莫非这里的饭菜很糟糕?"

"不,不,这里的饭菜很棒。"那人用叉子戳了几下意面,"只是死亡让我实在没什么胃口。"

博士叹息一声,"我明白那种感觉。不瞒你说,我已经好几个月没死过了。不过我感觉每次死完都特别饿。[1]"他把椅子转回去对着艾米,"那可能是说他是素食主义者什么的。尽管那种说法听起来有点怪。"

艾米不太认可那人的话是这个意思。她起身走过去,坐在男人对面的空位上。

"你刚才说'我也是',那你是一名医生吗?"

"是的。好吧,其实是病理学家。我叫贾尔斯·温特伯恩。"

博士又转了过来,"啊,难怪有死亡一说。"

温特伯恩转向他们身旁的大玻璃窗。"这可能不算是好座位,因为那个可怜人就死在底下那个公园里。"

"事故?"艾米问道。她看见那附近有几名警官,还有一小群围观者。

"自然死亡。"温特伯恩迟疑片刻,又补充道,"至少我是

---

1. 时间领主有一种"逃避死亡的把戏",就是重生为另一副面孔。但这种把戏并不舒服,比如书中这位博士重生时把自己的飞船给炸了。他从烤焦的飞船里爬出来后,还把小艾米家的炸鱼条蘸着蛋奶沙司吃光了。

这么想的。"

"你不确定吗?"博士追问道。

"我得先做个尸检。这又是一个让人胃口大减的原因。"温特伯恩戳起一管意面,送到嘴边,又改变主意,把餐叉放回碗里,"既然你也是医生,你见过具备所有窒息症状,却死于心脏衰竭的人吗?"

博士长出一口气,沉思片刻,"呃,其实我不是执业医师。"

"那是医学生?"温特伯恩又问。

艾米忍住笑看着博士恼怒地瞪了他一眼。"我见识过的死亡比你浪费掉的热饭菜还要多得多。"

"还有那些灰尘,"温特伯恩几乎是在自言自语,"弄得到处都是,你瞧,我衣袖上还沾着一点儿呢。"他翻过袖口,露出一块灰白的印迹。

博士又皱起了眉。他一把抓住温特伯恩的手往自己这边拽,险些让对方扑倒在那盘意面里。紧接着,他又突然放开了手。

"真对不起。"艾米说。

温特伯恩对她无力地笑了笑。"汉堡店那里有一大堆这种灰尘,"他说,"如果你对灰尘感兴趣的话。"

"汉堡店?"博士转身看去。

"就在楼下。你应该知道,就是太空人出现的地方。"

"我也猜到了。"博士不屑一顾地说完,拿起桌上的菜单,

"毕竟那是月尘。"

艾米盯着博士,默不作声地数起秒来。她数到了4。

博士扔下菜单,一跃而起。"等等,等等,月尘……在购物中心里?还有太空人?"

"嗯,一名宇航员。有人说那是广告噱头。"温特伯恩抬手指向楼下,"你瞧,他就在那儿呢,跟几个穿西装的人在一起。"

博士坐过的椅子翻倒在地。温特伯恩吓了一跳,他看向艾米,却发现她也不见了。

她跟在博士身后,飞快地走到餐厅另一头。他们靠在栏杆上,探头看向楼下的快餐店。

"宇航员。"艾米说,"我猜应该是那个穿太空服的人。"那名宇航员正动作僵硬地穿过购物中心,一条套着厚重护具的胳膊底下夹着那个圆形大头盔,"那套道具服不错。"

"那不是道具服。"博士说。

艾米指着另外三个身穿黑衣的人,他们都戴着墨镜,头发剃得格外短。"那些也不是美国特工咯。"

博士叹了口气,"艾米·庞德。"

"抱歉。"

"他们是CIA[1]的人。"

---

1. 即Central Intelligence Agency,美国中央情报局。

他们一言不发地看着黑衣男子们把宇航员领出购物长廊。不一会儿，就见一辆安着黑玻璃的大黑车驶过小公园。

"现在我们知道了什么？"艾米转身靠在扶手上，抻直两条腿问，"一名宇航员，中途跑到这里买了个汉堡，还是什么？"

"月尘……宇航员……"博士从栏杆上撑起身子，"还有窒息症状。那个死者身上有灰——快来！"

博士快步走向最近的电动扶梯，艾米不得不小跑着跟上去。她本来想逛逛商场。在她经历了那么多之后，这可是难能可贵的日常。而现在看来，日常并没有被列在菜单上。

"我们要去哪儿？"

"回塔迪斯去。如果我猜得没错……"他突然停下来，抽出音速起子。

"我猜对了。"过了一会儿，他确认道，"是量子位移[1]。"说罢，他又飞快地走了起来。

"什么是量子位移？它什么时候位置正常？"艾米在扶梯上问。

"这很严重。它没在原位——问题就在这里。它发生了错位。就像那个宇航员，和那个死掉的人。"

---

1. 原文中位移为"displacement"，该词在英文中也有"不在常见位置""从常见位置被他物移除、替换"之意。

他站在停车场的警用电话亭旁边,穿着一身藏蓝色制服,但并不是警察。停车管理员透过塔迪斯的玻璃窗,核验了一番贴在里面的停车票,在写字板上记了几笔。随后他看了一眼手表,又记了几笔。

"有问题吗?"艾米爽快地问。

管理员嗤了一下。"有问题。"他回答道。

"我们没超时。"艾米对他说。

"确实没有。"博士一边帮腔,一边把头凑过去看那人写了什么,"我可是个专家,时间专家。"

"问题不在于时间。"

"嗯,虽然你这么说,"博士回答道,"可实际上……"

"那问题是什么?"艾米抢在博士开始絮叨前问道。

停车管理员指了指窗户上的停车票,又指向停放塔迪斯的地面,"只买了一张票,却占了两个车位。"

艾米眯起眼睛,"你不是认真的吧。"

"他看起来可认真了。"博士说。

"你们得停在线内。"管理员说。

"可我们太大了。"博士解释道,"你瞧,小车位,大盒子,根本装不下。"

"那你们就得打两张停车票。一个车位一张。如果你们要把这种老古董扔在停车场,就得付足够的车位钱,而且越早把它拖走越好。"

"你要罚款吗?"艾米问。

"不是我,罚你们款的是地方议会。我只负责开罚单。五十镑。"

"五十?"博士已经把手伸进上衣口袋里了。

艾米瞪了他一眼,"我们才不交五十镑呢。"

管理员耸了耸肩,"如果你们不在二十四小时内缴纳罚款,那就变成一百了。"

博士把手从口袋里拿出来。他手上多出了一个朴素的皮革钱包,"等会儿,等会儿,等会儿。我能解决这事儿。"

"把钱投进电子计时表里。"管理员说,"把打出来的票寄给地方议会,他们会把票收作缴款存根。"

"说得好像我们口袋里装了整整五十镑硬币似的。"艾米说。

博士翻开钱包,露出一张空白卡片。艾米知道那是通灵卡片,它会显示出看纸片的人心中所想或被暗示的内容。

"以一抵二的凭证。"博士宣称道,"你瞧,就是这个。这下应该没问题了。持证者每支付一张全价停车票,就有权免费获得一张同等价值的停车票。第二张票无需展示。看,都在这儿写着呢。由地方议会授权。"

管理员皱起眉。"让我看看。"他从博士手里拿过通灵卡片,仔细察看了一番,"嗯,看起来没问题了。"他闷闷不乐地说。

博士冲艾米笑了笑。

"你刚才应该立即向我出示这个,"管理员说,"能省下不少麻烦。"

"嗯,真抱歉。能把它还给我了吗?"博士伸出手。

"稍等一下。"管理员舔了一下笔尖,从照片夹的塑料保护膜下抽出了那张卡片,"我只需要签名确认就成了。"

博士猛地瞪大眼睛。可那人已经在纸片上签了名,然后将其放回原处,合上钱包,最后递了回来。"好了,先生。"他用指尖轻触制服帽檐,"女士,路上小心。"

"他签名了。"管理员离开后,博士压低声音说。随后他又提高了音量:"他签名了,他在我的通灵卡片上签名了。"他打开钱包,难以置信地瞪着卡片。"'艾伯特·史摩斯'吗?我根本认不出这几个字。他把我的通灵卡片毁了。"

"哦,别纠结了。"艾米说,"这就省了五十镑,不是吗?给我。"她拿过钱包,抽出卡片,翻了一面,又放回去。这下照片夹里露出的又是没签名的空白纸片了。

博士从艾米手里拿回钱包,"嗯,好吧。能用了。"他承认道,"大概。"

"这也太快了。"几分钟后,艾米说。

"根本不用花时间。"博士把塔迪斯操作台上的一根控制杆推回原位,"真的,根本不用花时间。我就是解开手刹,在第四维往西边飘了一点儿,随后让塔迪斯落入量子位移。当然,那个量子位移已经闭合了,她不得不在时间线上回溯少许,再往前挪动一点儿抵消时间差。"

"所以我们在哪儿?"

博士打开门,两人同时转身看去。

艾米惊呼一声,"这太棒了!这么荒凉,却这么美。"她走下通往门口的斜坡。

"别出去。"博士警告道,"现在只有一层力场把空气锁在塔迪斯内部。一旦穿过力场,你瞬间就会窒息。就像温特伯恩医生跟我们说起的那个人一样。"

艾米转身看着博士,"那就是当时发生的事情?他,呃,位移了?"

博士缓缓走向她,与她并肩站在门边。"他当时在公园里,同时也在这里。两个地点在位移过程中被连接在一起了,所以你能从这个地点走到另一个地点。然而这一重叠并不稳定,有什么东西出了问题。但有那么一会儿,或许只是一两分钟,他确实在这里。"

"那宇航员呢?"

"道理是一样的,只是方向相反,时效更长。他从这里走到了购物中心。如果位移一直开着,他完全可以转身走回来。"

"从地球走到月球。"艾米喃喃道,"这可不就是人类的一大步嘛。[1]"

两人眺望起月球暗面空旷灰暗的环形山地表来。

---

[1]. 这是美国宇航员、登月第一人阿姆斯特朗说的话。

## 2

亚当·沃林斯基上将凝视着空旷荒芜的沙漠。目光所及皆是漫漫黄沙,唯有木槿基地壁垒森严的大院,打破了茫茫无际的灰黄色寂寥。

一道人影出现在他办公桌后的大窗户上。沃林斯基没有转身。

"怎么可能发生这种事,坎蒂丝?"他问道,每个元音都拖出浓浓的得克萨斯口音,"他们说不可能出任何问题。你也这么说。"

"看来我错了。大错特错。戴安娜基地正在传输图像过来。"

沃林斯基总算转过身来。他居高临下地看着坎蒂丝·赫克博士娇小的身影。尽管她穿着一身卡其军装,看起来依旧像个平民。她的齐肩褐发披散着,短外衣第一颗扣子也没系上。沃林斯基没有看她的军靴,不过他知道,她并没有把它们擦亮。

"我想不想看到那些图像呢?"他问道。

她耸耸肩,"我倒是想。就像你说的,有什么东西出问题了。那些图像或许能给出答案。"她顿了顿,又补充一句:"长官。"

两人走进赫克的办公室时,打印机正吐出第一张照片来。上面是一具穿着红雨衣的女尸。赫克手下的几个人围了过来。格拉哈姆·海恩斯从打印机的出纸盘上拿起墨迹未干的照片放到赫克的桌上,好让所有人都能看见。

"明显是重大系统故障。"海恩斯说。

"贝基·斯塔莫,"坎蒂丝说,"三十四岁,没有孩子,真是天可怜见。她丈夫说她每天中午都会出门遛狗,而且风雨无阻——那个,呃,出事时也在下雨。"

"加勒特几点联系的我们?"沃林斯基问。

"下午五点三十二分。"一个人说。

沃林斯基指着图像上的女性,"这是几点的事?"

"她是在我们这边的下午五点五十三分被发现的。"赫克告诉他,"加勒特没按时执行半小时一次的汇报任务,卡莱尔少校开始担心了。于是,她就亲自前往第四区的监视廊察看。"

"这些照片呢?"沃林斯基问道。此时,海恩斯把第二张墨迹未干的照片放到了第一张旁边。

"大约十分钟后,德夫尼什上校匆忙组织了一队戴安娜基地成员去回收那些尸体。"

"那些?复数?"沃林斯基说。

他得到的回答,是海恩斯放在桌上的第三张照片。

沃林斯基盯着那些照片,摇了摇头,"她还牵着一条狗……事情还能变得更糟糕吗?"

人群外围有人清了清嗓子,那人穿着一身黑色西装——因此并非军人。"狗的名字叫波奇。"他说,"带走加勒特的驻英国特工们事后询问了女人的丈夫,和那个巴宾格尔的同事。我刚收到他们的报告。"

"CIA万岁。"沃林斯基咕哝道。随后,他又大声说:"谢谢你,詹宁斯特工。你还有别的消息吗?最好关于波奇的主人,而不是它的祖宗十八代。"

詹宁斯特工挤到前排。现在桌上摆着三张照片。他指向第一张,照片上是个侧卧的女人。她的金发散落在脑袋周围,被雨水打湿的红雨衣上沾满了灰色尘土。詹宁斯敲了敲第二张照片,那是一条黑斑白毛小狗的特写。小狗同样是侧躺的姿势,张着嘴,双眼圆睁。

"可怜的老波奇。"詹宁斯毫无感情地说,"人们都说狗似主人形,不是吗?"

第三张照片是女人的头部特写,灰黑的地面衬得她的金发恍若一道光圈。

"她几天前刚染过发根。"詹宁斯说,"所以我猜,现在是她最好看的时刻。"

"除了她已经死了这点。"沃林斯基说。

"除了这点。"

他们都凝视着桌上的照片。贝基·斯塔莫的红雨衣就像一抹鲜血——那最为浓烈的色彩,与背景的灰色对比鲜明,格格不入。

而背景的灰色,是月球暗面的灰。

贝基·斯塔莫跟她的小狗,就僵硬地躺在一座环形山边缘,死于非命。

"你知道吗?"坎蒂丝·赫克平静地说,"今天下午,月球上真的下了一会儿雨。来自英国的雨……"

片刻之后,赫克与沃林斯基分别坐在上将的办公桌两侧。方才那些照片胡乱摆在他们中间。

"加勒特上尉正在赶来的路上。"赫克说。

"或许他能解释,为什么我们会面临如此困境,却无计可施。"沃林斯基说。

"希望有人能够解答。如今我们已经沦落到需要利用卫星反射无线电信号了。中间有将近一分钟的时延,而且频宽惨不忍睹。"

"为什么偏偏在这个时候出事?"沃林斯基问道,"整个系统已经运行三十多年了,它怎么会突然崩溃?"

赫克摇了摇头,"我是这里资历最老的技术人员,可就算在系统运行正常的时候,我也弄不明白它的工作原理。"她坦言道,"所有设备都保养良好,所有组件都定期更换。戴安娜基地的杰克逊教授还告诉我们,那边已经替换了所有主要设备,还是没能修复。不管怎么说,就算出事,系统也只会停止运行,而不会搞出这些名堂。"她身体前倾,指着那张贝基·斯塔莫死在月球上的照片,"更不会把马蒂·加勒特突然变到一家英国商场里。"

沃林斯基点点头,"见鬼,如果他出现在外面那片沙漠里我还能理解。"他挥了挥手,指向身后的窗户,"可是英国?这跟英国有什么关系?"

有人敲了一下门,沃林斯基让他进来。詹宁斯特工把门打开。

"视频联网了。他们正在回收女人的尸体,还有那条狗。你要看吗?"

"应该找不到什么线索,"沃林斯基说,"但总比干坐在这儿强多了。"

"连线时延是多少?"赫克问。

"看上去有一分钟左右。"詹宁斯说。

"出什么问题了?"沃林斯基问。

"实时通信在发生量子位移时就失效了。"赫克解释道,

"现在无线电波必须实打实地从月球传过来,不再是只需传过一片沙漠了。"

当他们到达开放式办公室时,已经有一群人聚集在大平板显示器前。他们恭敬地让开一条路,让沃林斯基和赫克看得更清楚些。詹宁斯站在人群之外——毕竟他对这个倍感压力的小团体而言,是个外人。

画面不停地抖动,整体色彩灰暗,满是噪点。那上面映出几名宇航员,全都穿着臃肿的白色太空服,跟加勒特出现在完美汉堡门前时的装束一模一样。那些宇航员正围绕着贝基·斯塔莫那一抹红色,笨拙地蹦来跳去,完成各自的工作。

手持摄像机的宇航员转过身,画面上掠过月球表面那一望无际的单调的灰白。随后画面转了回来,此时,贝基正被抬上担架。

几名宇航员把小狗放在死去的主人身旁,在场没有一个人说话。两个白色身影抬起担架,走向一片荒境。

负责摄像的宇航员跟了上去,画面又开始抖动旋转。一片荒芜的光景闪逝而过,紧接着,远处出现了戴安娜基地外围那些低矮的模块化盒状建筑。

"等等。"赫克说,"能倒回去吗?"

"我们正把实时画面压制到光盘上。"海恩斯说,"给我一小会儿,我们就能用录像来仔细研究了。"

"怎么了?"沃林斯基问,"你看见什么了?"

"可能没什么,"赫克让步道,"只是一抹颜色,看起来是格格不入的东西。我就想看清楚那是什么。"

过了一会儿,科学组成员、沃林斯基和詹宁斯特工凝视着屏幕上的定格画面,不约而同地露出诧异的表情。

"再往回倒一点儿。"詹宁斯说着,挤过人群走到屏幕前,"拿摄像机的人大概一分钟前往那个方向转了,把那个画面调出来看看。"

海恩斯挪动鼠标,电脑迅速倒放光盘上刻录的画面。

"我实在不知道应该更担心哪个。"沃林斯基终于开口道。他指向屏幕上那片荒芜空旷的灰色月面,"是一个蓝色大盒子出现在戴安娜基地旁边,一个它绝不该出现的地方……"

"还是片刻之前,那个盒子还不存在。"赫克接过他的话说。

"不管怎么说,"詹宁斯平静地说道,"我劝你马上派一队人过去察看。"

沃林斯基转身看向那个身穿西装的男人,"这是你的高见,对吧?"

詹宁斯扬起眉毛,"只是个建议而已,上将。嘿,我只是个观察员。你才是这里的总指挥,你知道的。"

可他的说法不容置疑地告诉了所有人,谁才是这里真正的总指挥。

沃林斯基上将转向海恩斯,"派一队人去回收那个蓝盒子。刻不容缓。"

# 3

那人脸上的惊诧终于让艾米觉得不虚此行了。她一点都不喜欢这身太空服。所有不该紧的地方都紧巴巴的,头盔简直让人感到幽闭恐惧症要发作了——就像有人把金鱼缸硬套在她头上一样,她能听见自己的呼吸。而这整套服装的红颜色也一点都不衬她。[1]

更火上浇油的是,博士的声音一直在她耳边狂热地絮叨个不停,而她并不知道如何调低音量。除了太空服的通信音量外,她想调低的还有博士在寸草不生的月面上蹦蹦跳跳的兴奋劲儿。

不过,当她和博士走到一座环形山口,并肩站在那个身穿臃肿白色太空服的人背后时,艾米还是觉得这一切都值了。

博士伸出手,拍拍那人的肩膀。对方缓慢而笨拙地小步蹦跳

---

[1]. 老版博士一直都使用塔迪斯衣橱里的白色太空服。2005年新版剧集重启后,十任博士从4221年探索深渊怪兽的6号圣坛基地穿走了一套橘红色太空服(第二季第八集《不可能的星球》、第二季第九集《撒旦坑》),后来该太空服(及与之类似的版本)曾多次出现。十一任博士认为那个颜色很衬他的眼睛(第七季第九集《躲藏》)。

着转过身来,头盔面板后的双眼瞪得溜圆,满是不安。那人看到博士和艾米后,顿时惊得倒退一步,险些栽倒。他那两条眉毛高耸着,仿佛要逃离即将坠毁的下巴。

"哇啊!你们从哪儿冒出来的?"艾米耳机里传来惊愕的美国腔。

博士含糊地挥手指了指身后。

艾米笑了起来。

"那儿还有另一座基地吗?"男人摇了摇罩在头盔里的脑袋,头盔并没有晃动,"不,不可能。我们会知道的。"

"就是来串门的。"博士告诉他。艾米从他的表情中看出,这个人能听见博士说话。博士一定是打开无线电通信,把他加了进来。"我听说你们的量子位移出问题了。"

"你们是从木槿来的?"

"呃,其实我们来自塔迪斯。不过这话我们可以进屋再说。"

"你们在干什么?"艾米问了一句,其实只想证明她也能说话,"出来透气?"

"回收小队。"

他又一蹦一跳地转了回去。艾米见状,顿时觉得自己身上这套太空服好像也没那么糟了。至少她活动更自如,而且显得苗条多了。

"恢复小队啊。"博士说,"你病了?这是某种治疗?"[1]

"我们把东西从外面也就是月面上回收进来,比如仪器、监控系统、需要更换的太阳能板。有时就是捡几块石头给杰克逊手下的人分析。"

"那今天呢?"艾米问。

男人停下一蹦一跳的步子。他半转过身,似乎又觉得那样太费劲,便重新蹦跶起来。

"今天,"他说,"我们回收尸体。"

他们攀上一个缓坡,艾米发现那是另一个巨大环形山的山口。前方月面再次缓缓下降,通向一组低矮的长方体建筑群,那些建筑彼此由更低矮的长方体走廊相连。整个地方看起来,就像一个由巨型鸡蛋盒拼装而成的儿童手工作品。

他们前面不远处,还有好几个宇航员,全都穿着一模一样的臃肿白色太空服,其中两个抬着一副担架。艾米看不清上面的东西,只能看见一抹鲜艳的红色,与灰色月面显得极不协调。

"她是谁?"博士问道。他的视力肯定比艾米要好。

"还不知道。就是个可怜的女人和她的狗。他们径直穿过位移场来到这里,没一会儿就窒息死了。"

"就像公园里那个可怜人。"艾米说。

---

1. 文中使用的"回收"(recovery)一词也有"康复"之意。

"位移场肯定在他周围消散了。"博士若有所思地说,"那位可怜的女士则直接走了进去,公园散步成了月球漫步。"

"我们也弄丢了马蒂·加勒特。"

"我猜他就是那个从月球表面走到汉堡店门口的人吧。"艾米说。

"应该是。"博士赞同道。

他们默默地走了一会儿。随着距离拉近,艾米发现眼前的月球基地比她想象中要大得多。那些盒状太空舱高高矗立,仿佛一座座写字楼。

"这里真大。"她说。

"大部分都是仓库,"博士告诉她,"用来储存水、空气、食物之类的东西。"

"谢天谢地。"宇航员说,"几年前他们曾考虑,直接从木槿基地输送水和空气,不再做任何实地储存。如果他们真这么干了,现在量子链一断,我们就该忙着盘算自己是会先渴死还是先闷死了。"

"就是那东西让人能直接从地球走到月球上的吗?"艾米说。

"或直接输送水和空气。"宇航员回答,"好在这里的水缸和气缸既有量子链供应物资来源,也有地下贮藏装置进行调蓄,所以能一直保持满仓状态。我们应该能撑三个月。而在此之前,你就能把它修好,对吧?"

他听上去像开玩笑。博士并没有回答。

"地球在哪里?"艾米决定换个话题,"我们应该能看见吧?"

"这里是月球暗面。"博士告诉她。

"可这里不黑啊。"

"这里只是被叫作月球暗面。不是因为这里真就黑得伸手不见五指,当然晚上除外,而是因为这一面总是背对地球。暗指的是未知,就像黑暗大陆[1]。"

"或黑巧克力?"艾米说。

"没错……什么?"

"玩笑而已。"她对博士说。

宇航员带着他们走向一个出入口。那是一扇厚重的金属门,外侧有个闸轮。闸轮上还亮着一盏红灯。

门上安了一扇小窗,艾米透过窗户,看见两名宇航员正抬着担架穿过一扇类似的门,随后把门关上了。由于窗玻璃太厚,那些人的身影看起来有点变形。

闸轮上的红灯变成绿灯,跟他们同行的宇航员转动轮盘,随后拉开沉重的大门,转身让艾米和博士先进去。经过宇航员身

---

1. 指的是19世纪前尚未开发,因此鲜为人知、带有神秘色彩的非洲大陆。

边时,艾米看见他的肩膀上印着美国国旗,国旗下方写着"里夫"。

气密舱封闭后,空气伴随着嘶嘶声开始加压。他们刚穿过内门,宇航员就抬手转动头盔,将其卸了下来。他还戴着的那顶白色兜帽,很快也被他摘掉,露出了底下的黑色短发。他的脸很粗糙,但相貌十分英俊;他的双眸就像月球表面一般灰。

博士先帮艾米摘掉头盔,随后才卸下自己的。宇航员看到艾米一头红发飘落如瀑,不由得瞪大了眼睛。她大笑了几声,"你们外太空没有女孩子吗?"

宇航员微笑着说:"我们有几个女孩子。对了,我叫里夫。吉姆·里夫上尉。"

他把头盔放在陈列着十几只相同头盔的架子上。他们站在一间大更衣室里,四周摆满了架子和橱柜,里面存放着太空服和各种仪器。博士已经开始挣扎着脱掉自己的太空服,而他里面仍穿着西装外套——尽管有点皱了。

"太空服不错。"里夫评价道,"肯定是新款吧?"

"比你想的还新。"博士说着,瞥了艾米一眼。

"我怎么没看见你的识别标志?"里夫敲了敲自己肩膀上的名牌,"在我向德夫尼什上校汇报新人的到来前,得先确认你们的身份。"

"我还以为他急着找人帮忙呢。"艾米说。

"是啊,你以为。"听他的语气,艾米的猜测应该会落空。

"好吧,我叫艾米,艾米·庞德。这位是博士。"

"你们是来修理量子位移的?"

"没错。"博士点头道。

"我就一个问题,这回故障这么严重——你们是怎么到这儿来的?"

"哦,我们有自己的便携系统。"博士说,"安在一个盒子里。"

"一个盒子?"

"蓝色的盒子。"

"哦,我们收到相关信号了,正准备把那玩意儿搬进基地里呢。所以你是说,那也成了便携式设备?"里夫说,"我们这儿的量子位移系统占了一整个舱室,满屋子都是仪器,根本不知道干啥用的。"

"哦,其实原理挺简单。"博士向他保证道,"就像量子纠缠一样,但又不是量子纠缠。它不是使两个粒子产生联系,让它们表现出耦合行为;而是将两个完全不同的地点进行结合,使它们变成同一个地点。"

"哦,对,很简单。"艾米说。

里夫笑了起来,"我只知道,我能从这儿沿着预定线路一直走到木槿基地外面的得克萨斯荒漠;同样,木槿那帮人也能穿过沙漠来到月球。只要系统能正常运转就行,别的我并不关心。"

"然而,现在系统不起作用了,"博士说,"还死了人。"

"比如那个女人和她的狗。"艾米补充道。

"没错。"博士说,"这就表明突然有了故障,随后系统自我修复了——这就是为什么公园里的男人最后能回到公园。而现在你说,系统又出故障了。"

"彻底瘫痪了。"里夫说。

"你们有线索了吗?"博士问。

"毫无头绪。哦,杰克逊和那帮科学家都在想办法,可是……"里夫看着博士那饶有兴味又怜悯不忍的表情,渐渐说不下去了。

"我是说狗。"博士说,"我的意思是,狗身上有绳子吗?"[1]

里夫眨眨眼睛,"我猜有吧,不太清楚。这很重要吗?"

"我不知道。"博士承认道,"不过这么说吧,有狗绳就能证明女人和狗是一个相关联的整体,而不是随便什么狗和随便一个女人。"

"哦,木槿基地给我们传了死者身份证明,你要的是这个吗?"

---

[1] 此处原文为"lead",有"线索"之意,也可表示"狗绳"。里夫根据前面的语境理解成了"你们有线索了吗?"。实际上,博士的话也可以解释为:"你们找到狗绳了吗?"

"那你们知道她是谁啦?"艾米问。

"还有狗?"博士追问道。

"对,所以这里身份不明的就只剩你们俩了。"里夫告诉他们,"在我向上校汇报援军到达前,你们能出示一下身份证明吗?"

"你觉得我们也是迷路进来的?"艾米问。

"确实有这种事。偶尔会有野生动物跑过来。当然,沙漠里本来也没多少动物,而且传输链只按计划时间开放。上回有只鹰径直飞了过来,不用说,当场就掉下来死了。我承认这类误闯者通常都没穿太空服。可你们不仅凭空出现,自称对美国机密项目了如指掌,而且,恕我直言,你们俩的话听起来可没什么美国味儿。"

博士翻开插着通灵卡片的钱包,"我们是来提供援助的。你看吧。"他拿着钱包在里夫面前晃来晃去,"木槿基地给我们签发的全权通行证:允许我们进任何地方,看任何东西,与任何人交谈。"

里夫上尉点点头,"通行证没问题。"他说,"但我有个问题——这上面的字怎么是反的?"

博士皱起眉,"我就说吧,这行不通的。"他对艾米说,"他毁了它,我没说错吧?他在上面签名,把我的卡片给毁了。"他把钱包塞回上衣口袋里。

艾米没理他,"这是出于安全考虑。"她对里夫说,"这样一来更不容易伪造。好了,我们能去见德夫尼什上校了吗?"

# 4

当里夫上尉带着两个陌生人走进来时,克利夫·德夫尼什上校正在开会。说那个场面鸡飞狗跳,都有些轻描淡写。

"那么我就有话直说了。"德夫尼什上校当时正对杰克逊教授说,"你不知道哪里出问题了,也不知道怎么处理,甚至不知道这能不能处理好?"

就在这时,会议室的门被打开,里夫走了进来。他身后跟着一个年轻人,梳了个凌乱的背头,但并没有需要掩饰的秃顶;另外还有一位年轻女性,一头火红的长发,裙子长度远短于规范。

"长官。"见会议室里那二十个人瞠目结舌,里夫便开始解释来龙去脉。

"哦,嗨,别管我们。"背头男人说,"你们继续,假装我们不存在。我们不会捣乱,只会捧着牛奶坐到后排。"

"安静得像只耗子,"红发女人说,"好吧,两只耗子。"

那个男的四下张望,显得有些茫然,"有空座位吗?"他问,"最好是两个连座,我们是一对的。不,我是说,我们有两个人。"

"朋友。"女人说,"同事关系。呃,抱歉——有打搅到你们吗?"

"我们不是故意打搅的。"男人说,然而他不知何时已经站在了德夫尼什上校旁边,"我只是想问,你们的量子位移最近有过什么不寻常的活动吗?我是说,是否有什么不该穿过的东西穿过了?是否存在任何你们头一次用量子位移传送的东西?那有可能是任何东西,比如外形奇怪的月石、汉堡包、一群海鸥、黄包车,任何东西。"

"你认为,可能有什么东西导致量子锁发生了异常?"杰克逊问。

"如果那东西能够引起适当的共振,好吧,应该是不合时宜的共振,比如石头里的石英、汉堡包上的热洋葱、鸟群振翅引起的大气波动。而且,谁知道黄包车上装着什么呢?当然,那得是另一头的事儿。这儿可不会出现什么大气波动,对不对?"男人咧开嘴,露出一个灿烂的笑容,然后撩开了遮住眼睛的头发。

"博士……"女人轻声说。她在前排找到了座位,旁边还有一张椅子。

"抱歉,我觉得那挺有趣的。"

"不,我是说,你霸占了别人的会议。"她一边解释,一边拍了拍身边的空椅子。

"哦对，不好意思，你们继续，别管我们。"

男人走过去坐在女人身边。他使劲抻开两条腿，做了个给嘴巴拉上拉链的动作。他哼哼了几声，但没有张开嘴。在越来越恼怒的德夫尼什耳中，那些声音听着有点像"你慢慢来"。

"别担心。"看见德夫尼什越来越阴沉的表情，女人以众人都能听见的声音耳语道。她指了指旁边的背头男人，又指了指自己，"援军来了。"

会议在他俩出现后便草草收场，艾米并没有感到奇怪。因为她对博士会给别人施加的影响不抱丝毫奢望，况且德夫尼什上校正在他的秘密月球基地里，针对一台秘密设备的秘密问题召开秘密会议，却有两个口音不同的英腔陌生人闯了进来[1]，她能想象上校的恐慌。

里夫聊胜于无的解释，似乎稍微缓解了一点上校的不安。看样子，里夫显然是德夫尼什上校的左右手——尽管他的军阶并没有卡莱尔少校高。

会议结束后，有几个人留了下来，里夫是其中之一，安德莉娅·卡莱尔少校也没有离开。卡莱尔是个表情严肃的女人，艾米

---

1. 艾米是苏格兰口音，十一任博士是较为标准的RP（即Received Pronunciation，公认的最标准英式发音，又称女王英语）。受艾米的影响，十一任博士重生为十二任后也变成了苏格兰口音。

猜测她有三十多岁。她剪短的金发不到衣领,鼻梁又细又高,这让她看起来有点傲慢。她的行为举止也带着一点同样的气质,因此艾米可以理解,德夫尼什上校为什么会跟性格随和、略微年轻的里夫上尉走得更近。

"我们应该向木槿基地核实这两个人的身份。"卡莱尔少校的纽约口音,跟她的语气一样简洁锐利。

"我查过他们的通行证了。"里夫说,"他们确实有相应的涉密权限。更何况,如果他们没有权限,哪有本事跑到这里来?"

"我们这儿已经有不该出现的死人和死狗了,你觉得他们有权限?"卡莱尔指出。

"你说的确实很有道理,"博士依旧坐在前排座位上,这会儿大声对他们说,"不过我们穿得可比那两位可怜的死者正式得多,也合理得多。"

"而且他对量子位移的了解比我深刻得多。"里夫补充道。

"那又不难。"卡莱尔少校大声说。

"孩子们——"博士规劝道。

"嘿,你少来。"卡莱尔少校对他说,"瞧你这年纪,根本不够拿博士学位。再说了,你到底是什么博士?打趣嘲讽专业的?"

博士皱起眉,仿佛在竭力回忆,"呃,不是,应该不是那个。不过,我倒是在厄沙贝塔大学拿到过修辞和雄辩学位,但那只是名誉学位罢了。我问他们是不是要发表感言,可他们说没必要。听起来有点适得其反,所以我从来不提这个……"他弹起身来,盯着卡莱尔少校,"但这并不重要,对不对?重要的是你们到底想不想修好量子位移系统。如果不想,我们可就走了。"

"如果我们想呢?"德夫尼什上校问道。

"那我们就留下。但我需要掌握整个戴安娜基地的情况:它是干什么的,在这里多长时间了,餐厅在哪里,所有情况。"

"你不知道吗?"卡莱尔少校毫不掩饰讥讽的口吻。

"在此之前,我们并没有必要知道。"艾米对她说。

"而且这里大小事务都是按需知密的,不对吗?"博士补充道,"现在我们需要知道了。"

"杰克逊教授?"德夫尼什问。

艾米此前并未注意到房间里的另一个人。此人一直坐在最后排的座位上,现在才站起来。他体型瘦长结实,一头灰白的短寸,眼眸也同样发灰。

"我不是个自负的人,愿意接受所有可能的帮助。我是查尔斯·杰克逊教授。"他做了自我介绍,快步走到会议室前排,"我负责这里的科研工作,因此可能是带你们参观基地并说明构造的最佳人选。同时,我也是这里唯一一个知道量子位移系统怎么工作的人,"他顿了顿,"然而连我也是一知半解。"

杰克逊似乎很乐意带领博士和艾米参观基地。他很友善，也乐于回答各种问题。"我替那些军人道歉。"他们刚离开会议室，杰克逊就对博士和艾米说，"不难想象，他们喜欢把所有东西都管束得井然有序。一旦有什么东西不合规矩，他们就会格外神经质。"

"而你则有更开放的心态？"博士说。

"我是一名科学家，我的工作就是寻找新颖奇妙的创意。我猜，你们也一样？"

博士点点头，"我是个科学家，虽然还拥有其他各种身份，而艾米无疑拥有开放的心态。"

"你肯定有，"杰克逊对艾米说，"鉴于你能接受量子位移这种概念。"

"我还见过更奇怪的玩意儿。"艾米对他说。

杰克逊翘起半边眉毛，但没有追问下去，"要不然我先带你们看看戴安娜基地，然后再到我办公室去，谈谈你们准备如何操作。"

"我觉得这提议不错。"博士赞同道，"你觉得呢？"他问艾米。

"太棒了。"

这座基地的布局与外观相符，由大型舱体和长方体通道组合而成。然而从外面无法看到，基地其实还延伸到了地下，连地底也埋藏着许多舱体。大部分基地空间都被划分为房间，供十二个士兵、三名军官（里夫、卡莱尔和德夫尼什）以及杰克逊和他手下那几个科学家使用。剩下的空间绝大部分都是仓库。氧气和氢气装在一个个巨大的金属缸里，整箱整桶的干燥食品堆积成山。基地内部有餐厅和大厨房，平时由士兵们轮班做饭。

"有人极具先见之明，帮你们储存了大量氧气、食物和水，"博士评论道，"而没有单纯依赖量子链传输物资。"

"我猜这是种习惯吧。"杰克逊坦言道，"戴安娜基地建立于七十年代中期，当时量子位移链还停留在理论阶段，所以他们得依靠登月火箭运输物资。尽管当时这里已经拥有水资源，在被人发现并获令终止任务前，没人知道他们到底能维持多久。"

"发现？"艾米说，"可所有人都知道啊，不是吗？我是说，我知道阿波罗11号和尼尔·阿姆斯特朗。人的一小步什么的。"

"我猜有些事情是公众不知道的。"博士说。

"见鬼，有些事情连总统都不知道！根据官方说法，登月行动止于阿波罗17号，所有人都说那实在太烧钱了。这也表明他们所知有限。"

"你是说，那花不了多少钱？"艾米问。

"哦,当然花钱了。"杰克逊停下来打开一扇舱门,在门边的键盘上输入了一串密码,"可是阿波罗计划每花掉一美元,联邦就能从它得到的科技成果、相关出口和各项专利、专业技术中收入十四美元。这项投资其实很不错,然而人们却忘掉了这一点。"

"所以现在这项计划全面停止了。"

"明面上是的。"杰克逊说着,抬手示意博士和艾米走进门里。

他们来到一个又长又窄的弧形大房间,一侧墙壁几乎全被展示弧形内部的大窗户占据了。窗户中间嵌着许多舱门,一直延伸到视线之外。每扇门旁边都有个数字键盘。窗外可见每扇门都连接着一条低矮狭窄的走廊,延伸到中间圆形区域。见识完组成基地构架的方正线条后,突然看见内建筑的圆润曲线,让人有点不太适应。

"那暗中呢?"博士追问道。

"台面之下,就是我们。戴安娜基地。阿波罗18号带来了第一座分离舱,扁平包装,体积不大,几乎没有重量,一阵风就能把它吹走,所以我们很庆幸这上面没有大气。"

"台面下的阿波罗计划一共有多少次?"艾米问。

"最后一次是阿波罗22号,1980年6月发射。它带来了量子位移链的最后一批组件。从那以后,我们就能从戴安娜基地出发,穿过月球表面,直接走到木槿基地附近的得克萨斯沙漠上了。所有这些东西——包括我们现在所处的基地,都是从那儿直接搬过来的。"

"都用卡车运过来?"艾米惊奇地问。

"差不多吧。"

艾米又对旁边厚重的巨幅玻璃努努嘴,"那就是你们的研究室?你们就在那里面做自己的研究?"

"我研究人类思维。"杰克逊说,"研究是什么让一个人成为好人,而另一个人变成坏人;是什么让某些人丧心病狂,能够残害他人而不受良心谴责。"

那可不是艾米预料中的回答。"你们在这儿做那种研究?"

"不,"博士平静地说,"那只是另一种仓库而已。对吧?"

杰克逊越说,博士的表情就越阴沉。现在他更是毫不遮掩地盯着杰克逊,目光冰冷。

"没错,博士。"杰克逊似乎没发现博士的态度变化,"那是我们关押囚犯的地方。"

# 5

"你早就知道了,是不是?"两人跟着杰克逊穿过那个窄长房间时,艾米对博士逼问道。

"我也只是走进这里才猜到的。几百年后,这里就会变成一整片流放地,而不再只是真空走道连接的孤立区域中寥寥几十间囚室了。"

"我猜,你肯定是被关进过这里,才知道有这么一回事吧?"

他笑了起来,"很酷,对不对?"[1]

戴安娜基地的其他地方,都充斥着军队效率式的简洁,而杰克逊教授的办公室则截然相反:一张塑料模块拼成的办公桌上,堆满了文件和日志;待处理文件盒不堪重负,里面的纸张都溢到了旁边的椅子上;满墙的文件架都被资料压得摇摇欲坠。

最整洁的架子上摆着一个高高的钢制大圆桶,底下还连接着水龙头。圆筒顶上有个黑色塑料盖,博士走过去掀开盖子看了一

---

1. 公元26世纪,第三任博士曾被死对头法师(另一名时间领主)阴谋流放到月球。出处:1963版神秘博士第十季第三集《太空边境》。

眼，一股蒸汽擦过鼻尖，他闻了闻。

"格雷伯爵茶？"

"没错。那是我的茶缸，我仅有的弱点。"杰克逊微笑道，"好吧，如你们所见，再算上对整洁的热爱，就是我唯二的恶习。"他又调侃道，"我给你们泡一杯吧。"

"谢谢，不加奶。"

"太棒了，正好我一滴奶都没有。"杰克逊转向艾米，"你呢？"

"不了，谢谢。"艾米不确定自己是否喜欢没有奶的茶，即使那是格雷伯爵。

"你们自己找地方坐吧，我很快就好。只要把碍事的东西挪开就行。喝完这杯茶，我再领你们去看量子位移设备。要是运气好，你们就能把它修好，然后回家去。"

杰克逊走到茶缸旁边忙碌起来，博士和艾米则从堆积如山的文件中解救出两张直背椅坐了下来。杰克逊的办公桌几乎与房间一样宽，桌子后面是一扇大窗户，可以看见荒凉的月球表面。

"风景不错。"博士说，"跟我们说说那些囚犯吧。"

"目前有十一名在押囚犯，都被关押在你们看见的囚室里。"杰克逊坐在办公桌旁，边说边吹凉自己那杯茶，"从接待区通往监禁区的通道都是真空的，只有在我们需要前往某个囚室或需要某个囚犯到这边来时，才会注入空气。显然，他们都是单独关押,但基本生活物资都很齐全。"

"唯一欠缺的就是自由和陪伴了。"艾米指出。

"他们得到了很好的照料。餐厅会定时给他们供应食物,跟我们吃的一样。如果我们需要紧急疏散,所有囚室门都会自动打开,通道也会注入空气。如果囚犯生病了,我们还会带他们到医疗区。"

"我们还没看过那一块呢。"博士说。

杰克逊耸耸肩,"没什么东西可看。"

"那么,你说的这些囚犯,他们为什么要被关在这里?"艾米问,"我是说,他们到底犯了什么罪?"

"我不会问太多问题。"

"那很省事啊,对一名科学家来说尤其如此。"博士喃喃道,"对了,这茶不错。"

"他们都是惯犯。"杰克逊继续道,"所有囚犯都不接受任何有助于他们回到正轨的传统改造。全是累犯。但大部分囚犯来到这里,都是因为他们知道一些东西,在犯罪过程中掌握了某些信息,比如入侵政府系统、盗窃机密信息和文件。这让他们变得过于危险,不能轻易释放,也不能被关押在联邦的普通监狱系统中。很多人甚至不知道他们的行为是错误的。他们的脑子里不存在什么道德判断或伦理意识。"

"那太讽刺了。所以你们就把那些人关在这里?"博士啜饮了一口茶,说,"这么做的道德和伦理又在哪里?"

杰克逊把茶杯放在办公桌为数不多的一小块空处上,"让他们待在这里,是为了他们好。"

"我听过那种说辞。"艾米回击道。

"不,说真的。他们是来接受治疗的。"

三人沉默了片刻,然后博士说:"我刚才听你说,他们都无药可救了。"

"无法用传统方法帮到他们,是的。"

"啊!"博士猛地跳了起来,还弄撒了一点儿茶水,然而他并未发现,"你的研究——你在用他们做实验,对不对?"

"是的。"杰克逊明显为博士自己猜出这个事实松了口气,但他很快发现博士的表情阴沉下来。"不。"他更正道,"不是那种实验。我们有一套疗程,它能起作用。可我们……"他的声音渐渐消失。

"你们在用囚犯做实验,"艾米说,"对吧?"

"好吧,我猜可以这么说,但并不像你想的那样。"

"你觉得我们是怎么想的?"博士说。

"不是开膛破肚,也不是开颅手术。那根本不危险。对他们完全无害。"

博士点点头,"所以你们专门跑到月球暗面来做实验,只是因为这么做很方便而已;而不是因为你们的实验既危险又违法,还违背了那颗星球上任何一位正派人士的人性，对吧？也不是因为你们不敢在下面实施那套所谓的疗程，对吧？"

"我还以为你有开放的心态呢。"杰克逊反驳道，"可你却在对我们的工作一无所知的情况下，就擅自得出了结论。"

"我知道……"博士一字一顿地说，"我知道，你认为自己的工作是为了人类大善。我丝毫不怀疑你们的动机。"

"谢谢。"

"但那并不意味着我们会赞同。"

"那我猜我们应该求同存异了。"

艾米看着博士那毅然决然的表情软化为孩子气的微笑。"对，或许吧。"他赞同道。随后他一口气喝光杯里的茶，说："不过要事第一。你们的量子位移装置在哪儿？"

博士开始如鱼得水，艾米则无所事事。

杰克逊教授领着他们走下一段金属楼梯，它老旧得与月球基地毫不相称。他们来到远在主基地之下的空间。这下面的通道并非由墙壁，而是由管道和电缆组成，仿佛之前从未考虑过，人们有朝一日需要从这里穿过去的可能性。

"那个量子玩意儿到底在哪儿？"艾米一边穿行在喷着蒸汽的管道和漏油的线路间，一边问道。

"就在这里，"杰克逊简短地回答，"这些全都是。"他指着周围说。

"可以保养得更好些,"博士说着,指尖沿一条无比油腻的塑料管线划过,然后把手上的油污展示给二人看,"不过设计倒是没问题。"

"我们能修好,对吧?"艾米问。

博士朝她挤了挤眼睛,"我们能修好任何东西。"

透过电缆和管线的迷宫,艾米看到前方有什么东西动了一下。她只瞥见一身灰色的连体工作服一闪而过。

"这下面有很多技术人员在工作吗?"

杰克逊摇摇头,"没人会到这里来。"

"可我觉得刚才好像看见了一个人。"

"这儿只有我们。"杰克逊坚持道。

"艾米说得对。"博士说,"这里还有别人。穿着七码的靴子。"

"你能凭从一堆管子杂物中一闪而过的身影,判断出那人穿的鞋子尺寸?"艾米钦佩地说。

"可能可以吧。"博士说,"你可以尝试估计他们的身高、体重、速度,再计算出鞋码。不过,看看他们留在地上的油印子其实更简单。"他指向地面,那里有块黝黑的油印,正是一只鞋的形状。

"好吧,"艾米说,"听起来不那么厉害了。"

"是卡莱尔少校。"博士说。

"这还差不多,你观察过她的靴子,还能认出鞋底的细微图案?"

这回换成杰克逊让她幻灭了,"不,她就站在你身后。"

艾米几乎惊叫出来,但她好不容易忍住了,"我都没听到你从另一头鬼鬼祟祟地摸过来。"

卡莱尔皱了皱眉,但没理会她,"九号接受治疗的时间到了。"她对杰克逊说。

"我还以为要延期呢,毕竟现在是这种情况。"杰克逊说着,不自在地看了一眼博士。

"别在意我呀,"博士说,"我也挺想看看你是怎么工作的。"

"目前的情况与疗程无关。"卡莱尔说,"德夫尼什上校很乐意让你继续研究。他知道你喜欢严守计划。"

"我猜你说的'很乐意',指的是'坚持要'吧。"杰克逊说,"很好,"他看了一眼手表,"我们还有一点时间。"

"别忘了,你得自己准备装置。"卡莱尔说。

"人手不足吗?"博士问。

"杰克逊博士的助手目前……不太方便。"卡莱尔说。

她的话让杰克逊不自在地挪动了一下,艾米猜测他本来没打算提起这件事。

"我们可以帮忙。"她愉快地自告奋勇,"我们最擅长各种准备工作了。"

"也擅长把准备好的东西毁掉。"博士补充道,"事实上,我们的才能不可限量。"

卡莱尔少校冷漠地看着他们,"谁能想到呢。"她说。

九号囚徒是个又高又瘦的男人。艾米觉得他一点都不像冥顽不灵、难以控制的邪恶罪犯。他被两名武装士兵带到治疗室里,进来的时候低着头,露出深褐色头发中的一块秃斑,那副模样,让他看起来更像一个身穿灰色连体服的僧侣。

治疗室很小,有点像外科手术室。但这里没有手术台,只有一张在牙医诊所常见的那种折椅。面对折椅的墙上装了一个貌似摄像头的东西,正对着坐在椅子上的九号囚徒。

那个人的深褐色眼睛跟他的外表一样倦怠,艾米感觉他以前来过这里,知道接下来会发生什么,而且已经认命了。

有那么一瞬间,那个人的眼神锁定在艾米身上。他皱了皱眉,似乎对她产生了兴趣,也有可能是怀疑。紧接着他又看向了别的地方,仿佛感到十分尴尬。

"你知道过程是怎么安排的。"其中一名士兵对他说,"这回不会惹麻烦了吧?"

男人闷哼一声,听起来有点像答应,也有点像威胁。但当士兵把他的双手捆在椅子扶手上时,他并没有反抗。接着,士兵又用一条束带绑紧了他的腰部,最后捆住双腿,让男人几乎动弹不得。

杰克逊教授正忙着摆弄手术椅后面的控制面板,博士在一旁仔细看着。教授发现他从背后把整个脑袋都伸了过来,便转身瞪了他一眼。除此之外,他忽略了所有多余的关注。

"接下来要干什么?"杰克逊直起身后,艾米问了一句。

"我们到观察室操作整个疗程。"杰克逊说,"就像X光一样,短暂接触基本无害,所以不会造成任何危险。我们可不想毫无必要地延长接触时间。"

这也跟牙医有点像,艾米心想。每次她去拍常规牙片时,牙医和护士都会躲到房间外面,这让她感到非常不安。

观察室在正对手术椅那面墙的后面。而其实那面墙是一扇窗,尽管在囚徒看来,那只是一面很普通的墙。

治疗室墙上那个有点像摄像头的东西,一直延伸到观察室,像一条巨大的铰接机械臂。机械臂侧面有操作装置,杰克逊走过去摆弄了几下。

"我想我们准备好了。"他最后说。九号囚徒一动不动地盯着他。艾米可以肯定,他知道他们在这边看着。

"接下来要干什么?"艾米问,"这东西是怎么工作的?"

"这很复杂,很难用三言两语解释清楚。"杰克逊不屑一顾地对她说。他显然不愿意透露更多信息。

"博士?"艾米问。

"哦,从我的观察来看,这其实很简单。"博士并不理会杰克逊恼怒的瞪视,而是继续道,"我觉得它应该会发出经过调试的阿尔法波,轰击测试对象的部分大脑区间。这样做的目的是让大脑神经通路过载,使脑电位活动失效。"

"洗脑。"艾米希望这个含糊笼统的说法能对得上号。

"没错。"博士说。

"你肯定看了我的机密研究报告。"杰克逊指责道。

博士闻言更为兴奋,"真的……你是说,我猜对了?那真是太棒了。刚才的话只是经验之谈。可是等等……"他用手指敲了敲下巴,"那就意味着……"他眯缝起眼睛,"你根本没在治疗病人,你没有纠正他们脑内的神经脉冲,你是直接把它们去掉了。彻底抹掉。就像艾米说的——把它们洗掉。"

"我只抹除不好的、负面的倾向,那些嗜血冲动。"

博士的语气平静而阴郁,"谁给你的权利,决定哪些是坏的,哪些又是正常的?"他质问道。

突然开门进来的卡莱尔少校,让杰克逊顺利逃过了那个问题。她身后还跟着另一位女性,身穿一套朴素的护士服。她看上去跟艾米差不多大,一头灰褐色齐耳短发,鼻翼两侧还有几颗稀疏的雀斑。

"这位是菲莉普丝护士。"杰克逊飞快地转移了话题,"每次对在押犯人实施治疗,我们都要确保有一名医护人员在场。现在,"他继续道,"我们已经落下进度,请允许我马上开始。"

"你究竟要开始什么?"艾米问。

"尽管博士对此持保留意见,但这其实只是一项很轻微的手术。我们会对准一条记忆链——也就是使测试对象误入歧途的导火索。这在之前的疗程中已经诊断出来了,而我们现在就是要抹除那条记忆。"

"然后用什么来代替它?"博士问。

"不用什么,我们会留下一片空白。用你刚才那种振振有词的说法,就是把它洗掉。"

"大脑就像大自然一样,会拒斥真空。"博士平静地说着。机器的声音越来越大,于是似乎只有艾米听到了。

"你是说,他们得用另一条记忆,来代替原来的那个?"她为了盖过机器逐渐增大的响声,高声问博士。

他点点头,"是的,否则,那些行为模式只会自动恢复,就像几个小时后突然想起刚才做过的梦一样。"

"所以他们的实验会失败。"艾米说。

她的话几乎被一阵嘈杂淹没了。

那不是能量增强导致机器发出的响声,而是隔壁房间那个被捆绑在椅子上的囚徒发出的嘶吼。

杰克逊从控制台前转过身来，脸上忽然堆满了惊讶和恐惧。菲莉普丝护士用手掩住了嘴，卡莱尔少校已经拉开了房门。博士冲过去，抢在她前面跑出了观察室，艾米紧随其后。

"切断电源。"博士一边冲进治疗室，一边大吼，"立刻断电！"

# 6

尽管艾米只晚了那么几秒钟,当她跑进治疗室时,博士已经给囚徒松了绑。周围仪器的嗡鸣渐渐安静下来。

博士正在听他的心跳,不一会儿又站起身来,小心翼翼地翻开他一侧眼睑。

"我想他只是失去意识了。"博士说,"现在只能希望他没受到永久性损伤。"

"出什么问题了?"艾米问。

"天知道,有可能是任何问题。胡乱摆弄人的思维,哪怕是最细微的错误,也可能致命。能量骤升、能量骤降、能量波动,都有可能。"

"那么这跟能量有关,对吧?"

博士点点头,"也可能无关。"

"我们能转移他吗?"卡莱尔少校询问道。

"转移到哪儿去?"艾米问。

"送回囚室里。他是个危险的罪犯。"

"哦,你还真是心地善良,是吧?"博士对她说。

"我们能转移他吗?"卡莱尔重复道,但这回她问的是站在门边看着他们的菲莉普丝护士。

"我不知道……应该可以吧。"她听起来有点紧张。艾米猜测这个程序从没出过错——至少没发生过这种情况。

囚徒翻了翻眼皮,博士马上弯腰察看。

"你还好吗?"他问,"能听见我说话吗?"

那人挣扎着想说话,连呼吸都变得粗了起来。他双手紧绷似利爪,很快又握成了拳头。随即他猛地拱起背部,瞪大眼睛,再次尖叫起来。

博士抓住他的肩膀,想要控制住他。艾米连忙上前相助。他的整个身体都在痉挛,牙齿死死咬住,额头上满是汗水。

"不妙。"博士喃喃道,"这实在太不妙了。"

"镇静剂!"卡莱尔少校大声说。菲莉普丝护士闻言慌忙向一个抽屉走去。

"来不及了。"博士对他们说,"我真的很抱歉。"他对手术椅上的人低声说。

那人的神志仿佛清晰了片刻,身体痉挛稍有缓解。他直直地盯着博士,艾米听到他口齿清晰地说:

"博士,是你吗?"

博士看向艾米,"谁把我的名字告诉他的?"

艾米摇了摇头,"他怎么会认识你?"

"博士……救救我。"男人喘息着说。

他的声音低如耳语,卡莱尔少校似乎没听见。杰克逊站在门口看着,菲莉普丝护士正忙着轻弹一支装满透明液体的注射器,把里面的气泡弹掉。

囚徒抓住博士的手,"救救我——他们来了!"

"谁来了?你在说什么?"博士焦急地低声反问,"你最后的记忆是什么?"

"记忆?"男人皱起眉,努力集中精神,"自从他们来了以后,一切都很模糊。但在此之前,我就在这里。我正在准备仪器,打算进行第一次测试。"

"仪器?"艾米看着博士,又回头看向囚徒,"他们怎么会让一个囚犯准备仪器?"

"我不是囚犯。"男人跌回椅子上,声音越来越模糊,"我亲手安装了这套设备。这些都是我自己调试的。你得相信我。我是——"

就在此时,注射器扎进了他的上臂,令他的声音戛然而止。男人闭上了眼睛,身体一阵剧烈颤抖,随后完全静止下来。

菲莉普丝护士拔出注射器,退到后面。

"哦,真是谢谢你。"博士说,"帮了我好大一个忙。"

"这个人全身痉挛,十分痛苦。"菲莉普丝护士说,"他需要药物镇静。正常来说——"

"正常来说?"博士惨淡地笑了几声,"你从哪里看出来这很正常了?这里面有一星半点的正常吗?"他难过地摇着头,仿佛一个沮丧的家长终于放弃,不再对不肯合作的孩子解释十分浅显的道理。

"我们能转移他了吗?"卡莱尔少校问。

"你们爱怎么样都行。"博士大步离开了房间,"他已经死了。"

艾米在小餐厅里找到博士时,他正坐在一张餐桌旁。餐厅里只有他一个人,只见他仰靠椅背,双腿架在桌子上。他十指交错托着后脑勺,一动不动地盯着天花板。

"是护士杀了他吗?"艾米问。

"她不是故意的。"博士把两条腿从桌子上挪下来,挺直了身体,"不,这样说不公平。那根本不是她的错。镇静剂只是最后一根稻草罢了,就算没有那一针,那个人多半也活不了多久。"

"他怎么会认识你呢?"

"我一直在想这事。"

"然后?"

"你还记得我说过,他们抹去记忆后,必须用新的记忆来填补吗？"

艾米点点头，"否则那些记忆就会恢复，好像清醒时突然记起梦境一样。"

"这可能不是谁蓄意安排的，但我觉得那个人得到了别人的记忆。或者说，记忆的一小部分。"

"那他说的'他们来了'和别的那些东西，到底是什么意思？"

"不知道，可能毫无意义。他脑子非常混乱——要知道他当时快死了，我们得正视这点。他可能在说自己脑海中冒出来的陌生记忆，谁知道呢？总之，杰克逊的疗程出问题了。"博士移开目光，看向艾米身后，"万事不禁说啊。"

艾米转过头，看见教授走进了餐厅。他看上去疲惫不堪、忧心忡忡。

"刚才发生了一场功率波动。"杰克逊说着，走到他们那张桌旁坐下。他盯着餐桌的塑料台面，继续说道："以前从没有过这种事。现在那个人死了，我甚至不知道他叫什么——他对我来说就是九号囚徒而已。"他抬头看向艾米和博士，艾米发现那双灰眼睛里充满了担忧。"这一定跟量子位移系统的故障有关。"

"或许吧。"博士赞同道，"我得先看看安装在月面上的接收器，才能确定。当然，在此之前我还要到地下基地去一趟，察看那些设备的校准情况。"

"你真能修好它?"

"只要我想修好。"博士说。

杰克逊好像听糊涂了,"你还会不想修好吗?"

博士直视他的双眼,沉默了好一会儿,当他最终回答时,声音显得异常平稳,没有一丝感情。艾米能看出他在压抑自己的真实情感,但她还是能看得一清二楚。

"杰克逊教授,我已经目睹了疗程里足够多的内容,知道你的最终目的是什么。哦,你这个项目很不错,通过选择性抹除——甚至有可能替换部分记忆,来让囚徒改过自新。可那并不是你的真正目标,对不对?你想彻底清空他们的思维,创造一个空白模板,然后你就可以在上面覆盖一个新的人格。我说对了吗?又或者……"博士靠在椅背上,吸了吸鼻子,"好吧,其实没什么或者,因为我是对的。"

杰克逊看上去好像被人狠狠揍了一拳,但他很快便恢复过来,"你是个明察秋毫的人,博士。但我不明白你在担心什么。"

"担心?"博士反问道,"担心?"

杰克逊抬起一只手,"从一个毫无价值的囚徒身上抹去思维——或称生命,我就能把机会提供给另一个我们不希望失去的人。你可以想象一下,给一个伟大的音乐家或思想家第二次生命,把他们从不治之症或老态龙钟里解放出来,让他们重新开始,以一种新的形态真正重获新生,成为一个全新的人,而仍旧拥有他们伟大的才能。"

听他这么一说,艾米还真觉得那样的结果也不坏。当然,除了有人不得不为此丧失自我。

"并没有你说的那么天花乱坠。"博士平静地说,"一个伟大的音乐家,发现自己的新身体是个乐盲?一个思想家,被囚禁在智力低下之人的大脑中?"

"这种置换并不是随机的。他们有权利选择,把思维移植到合适的供者体内。不会有问题。"

艾米知道博士真正反对的是什么。"供者必然会死掉。"她说,"那才是问题所在。"

"我之前也说了,或许我们应该求同存异,直到系统修复。我的疗程还远没有达到那个阶段,而且根据目前的状况,我也不会再做实验。"

博士若有所思地点点头,"我会帮你修复系统。事成之后,我们再谈。"

"很好,我很期待下一次谈话。"杰克逊站起来,"我想,当我们为实验过程兴奋不已的时候,或许有所忽略其中的伦理问题。"

一直等到杰克逊离开,艾米才问:"你真能帮他们修好那个量子什么玩意儿吗?"

"哦,应该可以。"博士猛地站起身,原地蹦跳了几下,

"我本以为功率波动会影响人造重力,但看起来没什么问题。我们真幸运。"

"除非杰克逊所谓的功率波动是撒谎。"艾米指出。

"我不明白他为何要撒谎。你要不去看看菲莉普丝护士?"

"你是说,让我查清他所谓的从没有过这种事故,是否也是撒谎?"

"没错。"博士说,"杰克逊说菲莉普丝每次疗程都会参与,而她年纪轻轻,应该很爱聊天,也会有点冒失。"

"可能也容易被吓唬住?"

"如果有必要的话。"博士笑着说,"你也别太吓着她了,可怕的小姐姐。"

艾米瞪大眼睛,"说得跟真的似的。"

基地医疗室只躺着一个病人。菲莉普丝护士正在检查病床上那名女性的生命监测装置。艾米对那些嘀嘀嗒嗒的声音、弯弯曲曲的线条和眼花缭乱的数字一无所知。

"她怎么了?"她问。

就算那个年轻护士惊讶于艾米的忽然出现,也没有表现出来。只见她的浅灰色眸子瞥了一眼病床上的女性,然后说:"我也想知道。"

"她是谁?"

"丽兹·迪德布鲁克。她是——应该说曾经是杰克逊教授的助手。"

艾米看着那个沉睡中的女人。对方显得焦躁不安，头在枕头上扭来扭去，还在小声自言自语。她看上去三十岁出头，深色头发全被汗水打湿了。

"她发烧了吗？还是得了传染病？"

艾米说话时，女人突然掀开了眼睑。

"都没有。"菲莉普丝护士说，"她这是某种精神崩溃症状。杰克逊教授认为这是压力导致的。我们一直在给她打镇静剂。"

希望这不会让她像九号囚徒那样"镇静"，艾米想。她凑到床头，仔细听着，"她在说什么呢？"

"说胡话。"菲莉普丝护士说，"本来我们可以把她送到得克萨斯的医院去，只是……"

"只是现在没有回家的路了。"艾米替她补充道。

"都只是胡说八道而已。"菲莉普丝护士在艾米继续凑在床边倾听时说。

那个女人——丽兹，正死死盯着艾米，她突然露出警觉的表情，"你是新来的。"

"对，我叫艾米。我是来帮忙的。"

"巨型陆龟寿命非常长。"丽兹说，"进化论的核心就是适者生存。"

"你瞧,只会说胡话。"菲莉普丝护士说完,转身走出了病房。

"但最适者不一定是最强者。"丽兹继续道,"而是指最适宜的生命。所以他们要的是我们。"

"什么人要的是我们?为什么?"艾米说。

"小白兔迟到了。"丽兹说,"在掩埋宝藏的地方做上记号。当天空变暗,狼群就会出来活动。"

"说得没错,"艾米平静地说,"都是胡说八道。嗨,祝你早日康复。"她轻轻拍了几下女人的肩膀,"回见,好吗?"

"别走!他们来了。"丽兹挣扎着想坐起来,"我必须……所有线路的列车都晚点了,就连66号线也不能幸免。转移注意力。他们因为注意力被转移而延迟了。"

"列车?"艾米皱起眉。她的话里有些东西——某些仿佛具有某种意义的东西,却被其他东西掩盖了。转移注意力。"你是说你必须转移他们的注意力吗?他们是谁?"艾米环视四周,"他们能听见我们说话吗?他们是否在监听?"

"在里面听着——那里清晰得多,在意识深处就清晰得多。各种各样的转移。转移是好东西。很好,很坏,很丑。意式西部片配茶和午饭和晚饭和早饭,得好好料理。"

丽兹的手从被单底下窜出来,抓住艾米的手腕,"我不能告诉你他们是否在这儿。油膏里的苍蝇。风中的雨滴。工厂里的扳手。森林里的狼群。"

女人死死盯着艾米,她的眼睛蓝得惊人。"你想对我说什么?"艾米问,"你是说这里的系统吗?工厂里的扳手——你是这个意思吗?"

"工厂里的扳手。"丽兹说,她攥着艾米的手迫切地加大了力道,"疗程里的小失误。"

"疗程?"艾米重复道。她听到背后传来一个声音,马上转过身,把胳膊从丽兹的手里挣脱了出来。

"她真的需要休息了。"菲莉普丝护士说。她在那里看了多久?"她说的都是胡话,你不需要在意。"

艾米回头看了一眼丽兹——她已经倒回病床上,眼眸的色彩几乎完全消退,刚才的湛蓝几近成灰。

"非洲灰象是西半球最大的耗子,有九种不同色度的粉色。"丽兹喃喃道,"记住我说的。"她缓缓合上双眼,细语成了无意义的咕哝。

"我会记住的。"艾米悄声说完,又提高音量对菲莉普丝护士说,"你说得对,她明显是疯了,说的全是胡话。"

# 7

当博士知道该往哪里找时,就能轻而易举地找到受损区域。

他花了一点时间研究量子位移系统的设计构成,当全部掌握之后,他就能轻松顺着系统各个组件顺藤摸瓜了。他对哪里出了问题,已经心中有数。

"是意外吗?"卡莱尔少校问。

一整个区的管线都被炸毁了。断掉的电缆低垂着,还有个分线箱被炸得一团焦黑。

"很难说。"博士告诉她。他舔了一口食指和大拇指,抓住一根电线末端,电线猛地火花四溅。"嗯,这下有意思了。"

卡莱尔少校表情抽搐地看着博士查验自己焦黑的指头,"但也有人为破坏的可能?"

"有可能。你指望是人为破坏吗?"

她没有回答。

"好消息是,这东西修起来不花时间。只要把所有鸡零狗碎的东西重连起来,再从旁路绕开这个分线箱就好。"

"鸡零狗碎的东西?"

"然后把外面的接收器重排一下,最后鸡就不飞狗也不跳啦。"

"你要么天赋禀异,要么彻底疯了。"卡莱尔少校对他说。

"其实两者兼有,但更倾向于天赋禀异。你可不想看到我发疯的样子。"博士掏出音速起子,开始重连线路,"你要一直站在这儿看我吗?"

"你想让我做什么?"

"走开。不,我不是那个意思。"他飞快地补充道,"我只是不想在关键时刻被打扰。能麻烦你去告诉德夫尼什上校,这里一切尽在掌控,同时通知他,我接下来需要到月面上去一趟,做点小测试,然后重排接收器吗?"

差不多完成最后几条线路的连接时,一道影子落在了博士身上。时间仿佛只过了一瞬,实际却是一小时后了。

里夫上尉一直等到博士完成手头的作业,才开口说话:"上校说你可以到月面去。他批准了,没问题。"

"我可没请他批准。"

"嗯,他知道,但他还是批准了。因为这样他就能提条件。"

"条件?"博士合上已经变得空荡荡的焦黑分线盒盖子。

"嗯,就一个。他要跟你一起去。"

里夫上尉协助博士和德夫尼什上校穿好宇航服。不一会儿，两人就走在了月球表面上。德夫尼什的白色宇航服臃肿笨拙，博士身上那套红色宇航服则更先进，线条也更流畅。二者形成了鲜明对比。

　　"我们现在用的是闭路通信。"德夫尼什说，"别人听不见我们说话。"

　　"你为什么要告诉我这个？"博士讶异道。

　　"就是跟你说一声。卡莱尔少校刚才也顺便跟我提了一句，系统有可能遭到了人为破坏。"

　　"有可能，但也有可能是意外。组件过载，功率波动，诸如此类。等我看过接收器，就能得出更准确的结论了。如果它们只是错位，那有可能只是运气不好。但如果目标地点确实被重新设定过，那就能证明这是有预谋的。"

　　他们一言不发地走了几分钟。

　　"我觉得卡莱尔少校不是特别喜欢我。"博士打破了沉默。

　　德夫尼什的大笑在他头盔里回荡起来。"我觉得卡莱尔少校不是特别喜欢任何一个人。她爸爸以前是个上将，"他顿了顿，然后继续道，"所以她的压力也很大。"

　　"她没必要感到有压力。"

　　"没错，可她自己觉得应该向父辈看齐。反过来看，我老爸以前在科罗拉多经营加油站,没到六十岁就无聊死了,所以我又怎么理解她呢?"

"也许你有更多需要向父辈看齐的地方啊。"博士对他说。

接收器就像一只只金属蘑菇,生长在遍布尘埃、干燥灰暗的月球表面。仪器分为两列,一直延伸到前方遥远的月平线。

"我们只需一边校准一个就够了。"博士解释道,"我可以让它们将新设置自动推送到后面的接收器里。"

"你知道要朝哪儿设置吗?"

"不知道。但这东西上面应该有能恢复初始设定地点的硬件重置选项。你们管那儿叫木槿基地?"

"深入得克萨斯之心。"德夫尼什说。博士从他的声音里听出了一丝笑意。

艾米穿过基地时遇到了好几个士兵,但没人问她是谁,或者在干什么,而菲莉普丝护士好像并不知道自己被尾随了。

或许她猜错了,艾米边想边保持距离,希望那名年轻护士不会转过身来发现她。或许菲莉普丝护士跟他们一样清白。不过,是她注射的镇静剂杀死了那名囚徒。是她偷听了丽兹·迪德布鲁克对艾米说的胡话(也许不全是胡话)。她参加了每一次治疗,并对艾米保证她从未见过任何异常状况……拜托,这么一系列抹杀人类心智、并以他人的想法和记忆取而代之的实验,竟然从未发生过任何异常？

但有可能，只是有可能，艾米在浪费时间，而菲莉普丝护士确实像她外表看上去那样天真、直率，清白无辜。

又或者，完全不是。艾米溜进杰克逊办公室旁边的一个门洞，边躲边琢磨着。只见菲莉普丝护士鬼鬼祟祟地扭头朝身后看了一眼，然后敲了敲杰克逊的门走了进去。

办公室的门关上了，于是，艾米只能把耳朵紧紧贴在上面，希望能听到点儿什么。她真希望这会儿没有人出现，把她抓个现行，因为她这个举动解释起来可能有点困难。

"卡莱尔。"杰克逊含糊不清的声音从门的另一边传过来。

"这么快？"菲莉普丝护士回应道。

"这个博士让我很担心，他搞不好真的能修复系统。卡莱尔知道他能不能修，因为他俩刚才在一起。我已经叫她过一会儿跟我们在治疗室碰头了。"

艾米意识到他们说完这事肯定要离开办公室，便飞快地沿走廊跑了回去。如果她能抢先一步进入治疗室，就能找个地方躲起来，听听卡莱尔少校对博士有什么看法。艾米边跑边露出微笑。老实说，她现在就能猜出来。

然而，艾米忘了那间治疗室有多简陋。她根本找不到可以藏的地方。观察室也同样无处可躲。于是艾米的最佳选择，就成了躲在附近一个储藏间里，等他们进去之后再继续贴着门偷听。

她并没有等很久。杰克逊和菲莉普丝护士几分钟后就出现了,片刻之后,卡莱尔少校也在走廊上加入了他们。

"这个博士,"杰克逊开门见山地说,"他真能修复量子位移系统吗?"

艾米把储藏间的门留了一条缝,清楚地听到了卡莱尔的回答:

"我认为他可以。他外表看起来年轻莽撞,但却隐隐透着一股精明强干的气质。我很难形容。"[1]

"那个女孩儿呢?"菲莉普丝护士说完,艾米屏住了呼吸。

"说实话,我不太确定。尽管如此,我还是不会低估她。很明显,木槿基地有人觉得他们两人不错,甚至可能就是沃林斯基本人。"

"更有可能是那个自命不凡的技术员赫克。"杰克逊说。

"对。"卡莱尔说,"好了,如果你们找我就为了这个事……"

"还有一件事。"杰克逊说,"在治疗室里。我想请你看一样东西。"

"重要吗?"

"哦,当然。"杰克逊的声音突然变得低沉阴险,"这太重

---

[1]. 第十一任博士在剧集中被形容为"有着年轻的外表,和一双苍老的眼睛"。同时,饰演第十一任博士的演员马特·史密斯也是史上最年轻的博士人选。2009年1月,BBC正式公布他将从大卫·田纳特手中接过博士一角时,他只有26岁。

要了。"

艾米听到三人走进治疗室,关上了门。当她离开储藏间时,走廊上已经没人了。

如果她早几秒钟探头出来,亲眼看见菲莉普丝护士跟随杰克逊和卡莱尔走进治疗室的光景,或许会对那个年轻护士从上衣口袋里掏出注射器的举动感到万分惊讶。

"这没我想的那么简单,"博士坦言道,"看来我们得一个一个手动重启了。"

他合上面前那个又粗又短的接收器侧面的盖子,走向下一个。

"另一边我来弄吧。"德夫尼什上校说。

"你能搞定?"

"我刚看你操作了,不算太难。要知道,我还没笨到无药可救的程度。"

博士在头盔里笑了起来,"我从来没觉得你是笨蛋。"

"我之前倒是挺怀疑你的,"德夫尼什说,"不过杰克逊想让你试试。"

"而你尊重他的意见。"

"我以前会,可现在……"德夫尼什扳开接收器一侧的检修口,"我不觉得我还能信任他了。"

"伦理观念问题？"博士做了个猜测，同时走向下一台接收器。

"哦，伦理问题已经是老生常谈了。可最近……我也说不好，那不是什么能明确说清楚的东西。不过，他变了。"

博士合上盖子，又走向下一台。"你为什么跟我说这个？"

"因为你是基地外的人。我不知道你是谁，但我猜你值得信任。"

"这意味着你无法信任自己人。"博士恍然道。

"这意味着我不知道能否信任他们。有些事正在我的基地里上演，一些我无法理解的事，一些我不希望见到的事。"

"一些跟人有关的事？"

"或许我只是在疑神疑鬼，可这场人为破坏……"

"假设这真的是人为破坏。"

"你说只要检查过接收器就能判断出来。"德夫尼什提醒他，"所以，告诉我吧。"

博士合上刚重启好的接收器外盖，站直身子。他转身发现德夫尼什正看着自己，厚重的头盔面罩模糊了他的表情。

"你瞧。"博士指着两排接收器划出的道路。这次它并没有消失在月平线尽头，而是冒出了滚滚热浪。道路两端的灰色尘土变成了黄沙。一线蓝天劈开漆黑的天空，出现在眼前。

"起作用了！"德夫尼什说，"博士，你真是个天才。"

"谢谢。我们最好把剩下的也重启了。还有,我确实是个天才。"博士继续道,"而且你并不是在疑神疑鬼。真相只有我这种天才能够发现,所以我告诉你,基地里发生的无疑是人为破坏。"

艾米还没摸到治疗室大门,就听见里面传来一阵嘈杂的声音。不知什么东西猛地砸在门的另一端,还有叫喊、闷哼与金属掉落的声音。

"按住她!"杰克逊大喊道。

艾米不知该进去帮忙还是按兵不动。可是,到底是谁需要帮忙——里面出什么事了?

片刻之后,嘈杂声消失了。艾米把耳朵贴在门上——这都快变成她的习惯了。

"她比外表看上去要强悍得多,"杰克逊说,"这对我们有点用处。"

艾米听不见回答。他在说卡莱尔少校还是菲莉普丝护士?

"我给一个白板,也就是那些士兵中的一个,编写了指令。"杰克逊又说,"如果博士真的修复了系统,白板只需要再把它摧毁一次。鉴于卡莱尔少校刚才说的那些话,你最好现在就派他过去。"

"知道了。博士和德夫尼什在外面,他们要重启接收器。"

菲莉普丝护士的声音虽然微弱，但至少能听见了，她肯定是往门边走了一点。

"最坏的情况是他们被扔回地球。"杰克逊说，"当然，那只是对我们而言，实际情况对他们来说可能更糟。"

艾米慢慢退开。她不知道什么是"白板"，但有一件事很清楚了——博士有危险，只有她能帮上忙。可是，该怎么帮？

# 8

极目远眺,四面八方都是无尽的沙海。博士和德夫尼什上校来到最后一组接收器前。

"我每次都会为此惊叹,"德夫尼什边说,边看博士进行最后的调整,"我们能从月球直接走到沙漠里,还有一个人能同时置身两处的概念。"

"那其实是量子机器的存在意义。"博士对他说。

"我知道,至少在理智上我是清楚的。可真正面对现实时,这又有点让人难以接受了。"

"我明白你的意思。只从微观原子级别来看时,一切无可挑剔。可一旦应用到真正的人和地点上……你知道这玩意儿复杂得很。在飞毯网[1]启动前,我甚至不知道地球和月球之间有一条直链,更何况现在距离启动还有一段时间。"博士站起身来,"看

---

1. 飞毯网(T-Mat)是飞毯公司运营的远距离瞬间传输网络,于21世纪中叶启动。这一网络在老版博士第六季第五集《死亡之种》中被冰雪战士(火星人)利用,对地球发动了入侵,危机最后被第二任博士解决。

吧,都弄好了,不要钱。"

德夫尼什抬手解开头盔搭扣。他转动头盔,然后摘下来,深吸了一口温暖干燥的沙漠空气。

"真是如释重负啊。"他说。

博士也摘掉了头盔,"穿着这身有点热了,是吗?"

"现在我们在沙漠里,当然会热了,在月球表面可不会。"德夫尼什试着跳了两下,"感受一下地球重力吧。每次我回到地面,都觉得自己该减肥了。"

艾米躲在储藏间门后,看着菲莉普丝护士和杰克逊教授从治疗室走出来。她没见到卡莱尔少校。杰克逊走向观察室,菲莉普丝护士则快步穿过了走廊。

艾米一直等到那两个人的身影都从视野里消失。是时候当机立断了——她该去打探杰克逊想干什么吗?也许该去看看卡莱尔少校出了什么事?

还是说该跟踪菲莉普丝护士?她一定是去找"白板"了(且不管那是什么),那好像跟再次破坏量子系统有关,而博士正在努力修复那个系统。

艾米走出储藏间,尽量安静地一路小跑穿过走廊,尾随菲莉普丝护士而去。

整个世界都有点模糊失焦。安德莉娅·卡莱尔飞快地眨着眼睛，竭力让视野清晰起来。她感觉脑子里充斥着噪音。她尝试挪动手臂，却徒劳无功。

她逐渐意识到自己的手腕和脚踝都被束带捆住了，连腰上都横亘着一根皮带。她的头部被支撑器固定，整个人半躺半坐在一张皮椅里，正对着一堵光秃秃的墙。

然而那堵墙并非一点东西都没有。如果她能让目光聚焦，就可以看清墙上那个东西——好像是从墙里伸出来，正对着她的一个东西……

忽然之间她彻底清醒过来，用力拉扯着束缚她的皮带。她是在治疗室里，那些噪音并非来自她的大脑，而是机器充能的嗡鸣。她记得自己跟杰克逊还有菲莉普丝走进房间——随即是颈后突然的刺痛，一闪而过的注射器被拔走的画面；她暴起进攻，把菲莉普丝护士推到门板上，撞倒东西……然后是一片黑暗。

醒来便成了这样。

墙上的探针发着光，嗡鸣的音量越来越大，越来越刺耳。

扬声器里传出杰克逊的声音，听起来清晰而冷静："我很高兴你醒了，少校。请你在臣服于我们之前，最后看一眼自己的世界吧。"

她的视线再次模糊。现在她只能看见探针的亮光，只能听见机器越来越高亢的嗡鸣。

然后是一阵细碎的抓挠声,犹如老鼠在奔跑;一个东西钻进她的思维里,开始蚕食她的记忆……

通往地下基地的金属楼梯脚下,一个人影站在阴影中。那个士兵如磐石般岿然不动,看上去像在站岗——只是他的眼睛闭上了,面部肌肉松垂着,两手耷拉在身旁,肩膀向前弓起。

菲莉普丝护士盯着他看了一会儿,嘴角勾起一抹若有若无的微笑。

"是时候了。"她轻声说。

士兵猛地睁开眼睛,站直身子,蓄势待发。

"你知道自己该做什么。"菲莉普丝护士对他说。

她目送士兵动作僵硬地离开,然后转身上了楼梯。

鞋底敲击金属的声音在周围回响,掩盖了她身后更轻巧的脚步声。艾米抬头看了一眼护士慢慢消失的身影,然后急忙转身跟上了士兵。

她保持好距离,尾随那个昏暗的身影穿行在迷宫般的电缆和管道中,经过一个个控制台和电脑终端。他好像确切地知道自己的目的地在哪里。最后,士兵来到一个安装在墙上的控制台前站定。他盯着面板看了一会儿,艾米很想直接走过去问他要干什么。

紧接着，士兵转过身，从地上拾起一根金属管。他用手掂了掂管子，然后猛地向面板砸去。

控制台顿时火花四溅，周遭机器恒稳的嗡鸣突然变了调子，越来越艰涩不定。

艾米冲了过去，"停下——快停下！"

士兵仿佛听不见她说话，只是一次又一次地挥舞铁管砸向控制台。一整个区块突然炸开，面板冒出滚滚浓烟。

士兵再次举起铁管。艾米一把抓住他的手腕用力拉扯，想让他失去平衡。然而士兵丝毫不受影响，挣脱了艾米的手后，又一次将铁管砸了下去。

这下，士兵终于心满意足，扔掉管子离开了。已经歪七扭八、鞠躬尽瘁的铁管滚落在地，哐当作响。士兵又把手伸进一丛电线里，用力一扯，被扯断的电线火花四溅。周围的照明暗淡了片刻，很快又恢复原状。一只警报器开始嘶鸣，控制台幸存的部分都亮起了红色警示灯——它们毫无规则地闪烁着。

"好了，够了。"艾米朝那个人跑过去，猫低身子，猛地用肩膀撞向他的后背。

士兵被撞到墙上，正好压到通电的电线断面，整个人泛着微光抽搐起来。照明又闪烁几下，随即彻底熄灭了。

黑暗降临前，艾米最后看到的情景，是士兵向她转过身来——他面部焦黑、两眼发直，脸上没有一丝表情，如同白板。

头盔落在地上,离他不过几英寸[1],可博士永远都不可能拿到了。

德夫尼什上校跪倒在地,双手抓挠着喉咙,艰难地想要呼吸。黄沙笼罩在一层热浪中,模糊地渐渐变成冰冷灰暗的月面风景。

博士的呼吸也变成了痛苦的喘息,咽喉因缺乏空气而灼痛。月面冰冷彻骨,攫取着他眼中的水分,令他全身绷紧。[2]

他想爬向德夫尼什,可上校跟他的头盔一样遥不可及——仅仅几英寸,在冰冷的真空暗夜步步进逼中,永远不可触及的几英寸。

卡莱尔少校脑子里的抓挠和刮擦声让她难以忍受。除此之外,所有东西仿佛都溶化了——她的理智,她的记忆,甚至她的思维。在那东西不断往她脑子里钻的同时,这些东西全都被扔进一口大锅里煮化了。

她尝试把注意力集中在那个声音上——那个急迫的叫喊,但它也模糊难辨,就像是从远处的一个扬声器里发出来的。

---

1. 1英寸=2.54厘米
2. 新版《神秘博士》第十季第五集《氧气》中提及了一个设定——时间领主在真空环境里的可存活时间比人类要长。尽管如此,第十二任博士还是在这一集中失明了。

"菲莉普丝护士,断电了!我正处在关键阶段,急需电力恢复。白板都干了什么好事?我现在就需要电力……"

不知为何,她感到这是好事。她发现那些抓挠有所缓解,刮擦声也减弱了。整个世界渐渐聚焦——治疗室,被应急灯的红光照亮。探针,光线闪烁着,越来越微弱。

有这么一瞬间,卡莱尔的思维重获自由。在那宝贵的几秒钟里,她感觉到了正往她脑子里钻的记忆和思想,紧接着探针的光起死回生,亮得刺眼,灼烧着她的眼睛。

一段令人不安的黑暗过后,照明突然恢复,艾米忍不住眨了眨眼睛。机器的嗡鸣似乎稳定下来了,于是她猜测,应该是什么备用发电机或应急系统开始运行,替代了遭到破坏的系统。

士兵依旧用空洞的目光盯着艾米,仍如照明熄灭前那样。

"你在干什么?"她一边质问,一边做好应对袭击的准备。

但那人并没有动弹。他只是站在那儿,一动不动地盯着她。随后,他缓缓闭上眼,双肩也松弛下来——就好像他站着睡着了。

就像被关上了电源,艾米想。就像一段电脑程序运行结束,完成任务,就这么停下来了。

月面之上,一阵突如其来、本不可能存在的微风,扰动了接收器之间的尘土。一白一红两只头盔被半埋在月尘中,一只裹着手套的手伸向其中一只,做着抓取的垂死挣扎。

随后那阵风消失了,带走月面上最后一丝空气,仅留下重归静寂的月尘和逝者……

# 9

一阵痛苦的残喘，使气息窜过博士全身。他不停地哽咽、咳喘，直到嗓子疼痛难忍。他伸手下撑，想稳住身子，感到身下的地面温暖而扎手——就像一个个细小的刀尖直刺掌心。

他仰躺着，头上是一片蔚蓝的天空，眼前掠过一小缕白云，阳光无情地灼烧他的双眼。

过了一会儿，咳嗽和喘息逐渐平复，他好不容易理顺了呼吸。这时，博士才缓缓撑起身子。他坐在地上，环视着周围起伏的风景，那不再是灰暗贫瘠的月球表面，而是温暖的沙海。他爬了起来。

接收器的阵列不见了。既然量子链已被破坏，它们应该回到了月球上。周围没有博士头盔的踪影，也看不见德夫尼什上校。博士轻叹一声，伤心地摇了摇头，深知这意味着什么。

"人为破坏。"他喃喃道。沙漠粗粝的风弄乱了他头发，平地卷起一阵沙旋。"人为破坏，还有谋杀。"他舔舔指头，竖在空中测量风向。

"得克萨斯沙漠深处。"博士想起德夫尼什的话。得克萨斯太大了——这是美国第二大州。但他记得有人说过,木槿基地离休斯敦很近。当然前提是,刚才量子链真的把他们带到了基地附近的得克萨斯沙漠。如果不是这样,那他根本无从得知自己身在何方。博士心情沉重地想,他甚至不能肯定这里是不是地球。

假设接收器组成的道路,是通往基地的入口,再进一步假设,自己还记得它们正对的是哪个方向后,博士在荒凉的沙漠中迈开了步子。

"事情完全有可能更糟。"他对自己说,"至少这里不是阿拉斯加[1]。"

过了一会儿,博士开始希望自己真的在阿拉斯加。没有了头盔,他的太空服就无法密封,里面的热量更是无法散出去。他干脆脱掉太空服,扯开领结搭在脖子上,只着长裤和衬衫继续蹒跚前行。风吹在身上很凉爽,但也会卷起黄沙吹到眼睛里,让他几乎看不见东西。

在耀眼的阳光和滚烫的沙海中,博士眯起眼,发现远处有一片乌云。大量黄沙正打着旋儿朝他逼近。沙暴?他环视四周,却找不到藏身之处——连块石头都没有。

黄沙的旋涡越逼越近,博士又发现,那原来是一辆吉普车卷

---

[1]. 阿拉斯加位于美国北部,比沙漠凉快多了。

起的沙子。吉普车正穿过沙漠向他疾驰而来。车子猛地侧身一转，停在几米开外，引擎空转着。三名身穿制服的士兵从车里跳出来跑向博士，同时取下挎在肩头的突击步枪。

博士站起来，热情地与离他最近的士兵握手。士兵顺势一拽一翻，就把博士的胳膊扭到了背后。接下来，那人便与另一名士兵把博士押到吉普车边，粗鲁地摁在引擎盖上。

脸蛋被压在滚烫的金属表面，博士痛得大叫一声："嗷！小心点！"

"这里是军事禁区！"另一名士兵冲他吼道。

"其实我猜到了。"

"你在这里干什么？怎么进来的？"

"我是来帮忙的。"博士用力撑起身子，高举双手转过身来，"我有文件、通行证、授权书——什么都有。"

"给我看看。"

"好嘞。"博士把手插进外套口袋里。只是他发现，那个位置没有口袋，他身上也没有外套，"啊，不好意思。我把卡片——不，我把文件落在上衣口袋里了。我很想回去取，只是那地方有点远。"

"待在外头确实挺热的。"其中一名士兵说，这是博士返回地球后，听到的最接近友好的语气了，"你上衣离这儿有多远？"

"这个嘛,其实挺远的。"博士承认道,"我把它落在月亮上了。"

似乎过了很久都没有人来。艾米躲在一堆管线后面窥视着。士兵依旧站在原处,动都没动。

"我得改改这个毛病了。"她躲在管线堆里自言自语。然而目前躲起来好像是最安全的做法。

最后,菲莉普丝护士出现了。她看到现场焦黑的痕迹和溶化的电缆,无奈地叹了口气。随后她又开始察看士兵的脸,将他的头轻柔地转到各个角度。

"跟我来,我得带你到医务室去。"

士兵闻声猛地直起身子,双肩挺直,两眼张开。

"跟我走吧,给你打理打理。"

既然已经知道他们要去哪里,艾米便耐心等到两人都离开后,才从藏身之处走出来。

等她好不容易来到医务室(路上拐错了好几个弯),菲莉普丝护士正在包扎士兵的手。他坐在狭小接待处的凳子上,脸已经擦干净了,只剩下几处轻微烧伤。他抬头看见艾米,对她笑了笑,看起来毫无异样。不过,他似乎没认出她来。

"你怎么了?"艾米问。

"哦,一个尴尬的意外,我做烤面包三明治的时候把手烫到了。"

"瞧你这个样子,好像脸也烫到了啊。"

"烤架放得齐脸高。"菲莉普丝护士说。她用外科胶带固定好绷带,又对士兵说,"都给你包扎好了。下回改吃沙拉吧。"

"那必须的。"士兵站了起来,"抱歉打扰你了。"

"你还记得刚才的事吗?"艾米问。

菲莉普丝护士皱了皱眉,但一言不发。

"记得。"士兵说,"当然啦,大部分都记得。"

"没什么。"菲莉普丝护士对他说,"一点点惊吓,这很正常。一两天后你就能恢复了,不用担心。"

"不用担心。"士兵重复着,语气毫无起伏。随后他又高兴地补充道:"嘿,我已经感觉好很多了。谢谢。"

"有什么能帮你的吗?"士兵刚一离开,菲莉普丝护士就转向艾米。

"我觉得我能帮你,"艾米说,"因为我听说有士兵受伤了。"

"哦?"

"有个人……我猜是看见他走进来了。我不知道他的伤有多严重……"

"感谢你的好意。不过如你所见,我能应付过来。"

"如我所见。"艾米赞同道,"抱歉,我没有暗示你应付不过来。"

"这里只有我一个人，有时确实比较难应付。不过，杰克逊教授接受过一些医学训练，所以他能帮到我。"

"我敢肯定是这样的。"艾米说。

一词之差，天壤之别。博士一提到月亮，士兵们的举止马上不一样了。他们请博士坐到吉普车后座上，其中一人甚至给他发了块口香糖。不过，博士婉拒了。

"我的太空服大约在半英里[1]开外，朝那个方向开。"他解释道，"我们能顺道过去把它捡回来吗？"

"没问题。"司机答应道。

吉普车绝尘而去，扬起滚滚黄沙。

半小时后，他们把博士连同太空服（可惜没有头盔）一块儿送到了木槿基地。基地由低矮的砖石建筑群构成，嵌在沙漠中显得非常不自然，正如建在月球上的戴安娜基地。

门口站岗的士兵挥挥手就让吉普开了进去，车子最后伴随着刺耳的噪音，停在其中一栋低矮建筑门前。入口的哨兵狐疑地看了博士一眼，然后才放他们进去。建筑物内部看起来更像写字楼，而非军事基地。地板上铺着灰色瓷砖，墙上昂贵的画框里，

---

1. 1英里=1.6094千米

镶着由不同色块构成的画作。

"你知道吗？"博士说，"现代艺术其实并不像人们画出来这么糟糕。"

其中一名士兵很有雅量地冲他笑了笑。接着，他们又在沉默中乘坐电梯到达三楼，把博士领进了一间办公室。大门在他身后关闭，他发现办公室里有张气派不凡的桌子，后面坐着个看上去位高权重的军人。

"也许我应该知道您是谁，但很抱歉，我实在是不知道。"博士说着坐了下来，"上将？"他瞥了一眼男人肩上的星星，猜测道。

"沃林斯基上将。没关系，我也不认识你。不过这可有点问题了，因为我最近才查看过戴安娜基地驻扎人员的资料。"

"我猜那上面没我吧。"

"见鬼，真的没你。所以你是谁？怎么跑到那儿去的？最关键的是，你怎么回来的？"

"呃，这说起来就有点复杂了。我是一名专家，是被派去提供帮助的。他们的量子链出了点问题，不过我猜你已经知道了。"

"我确实得到了通知。继续吧，你说你被派去修复量子链。"

"我真的修好了。可没过多久它又坏了，还把我扔回了沙漠里。德夫尼什上校……"博士的声音越来越小。

沃林斯基凑过去问:"克利夫·德夫尼什,他怎么了?"

"他刚才跟我一起修复接收器,但没扛过来。我很抱歉。"

沃林斯基把身子收回去,缓缓点了一下头。"德夫尼什是个好人。那么告诉我,为什么你能幸存,他却不行?是碰巧,对吗?运气?"

"两者都有一点。"博士承认道,"再有就是,我在无氧环境下的可存活时间或许比较长。"

沃林斯基靠在椅背上,"你瞧,目前的麻烦在于,有人死了,你却突然冒出来,还一副对顶级机密系统了如指掌的样子。我不知道我能否相信你。"

博士撅起了嘴,"那是你的问题,跟我无关。"

"你先别如此肯定。"

"德夫尼什相信我,如果这对你有用的话。至少他自己是这么说的。"

"你有可能在撒谎,"沃林斯基指出,"不过你看起来不像骗子。"

"嗯……"博士对他说,"骗术大师看起来都很真诚。不过,德夫尼什确实对我有着某种程度的信任,因为他赞成了我关于系统遭到人为破坏的说法。"

沃林斯基眯起眼睛,"你怎么去到戴安娜的?"

"我和我的助手庞德小姐,是从宇航员现身的购物中心上去的。"

沃林斯基听到这句话,似乎放松了一些。"典型的CIA行径。他们派出自己的小队——我猜是驻英国小队,甚至连我们都不通知一声。"他站起来,居高临下地看着坐在椅子上的博士,随后大步走向门口。他打开办公室门,大喊一声:"把詹宁斯特工叫过来。"

詹宁斯几乎立刻就出现了。他跟沃林斯基一般高,身材也一般壮硕。但与上将不同的是,詹宁斯穿着一身黑西装,脸上还有一副太阳镜,镜片几乎跟西装一样黑。

"这什么博士,是你们的人吗?"沃林斯基质问道。

"我不清楚。"

"容我插个嘴——嗨。"博士说。

詹宁斯并不理会他,"不过控制中心派特工出外勤时,不会每次都告诉我。你希望我去核实一下吗?"

博士站了起来,"两位,我知道这里待起来特别舒适美好有意思,我也愿意陪你们玩儿'看谁来头大'的游戏,多久都没问题。可我有个朋友被困在你们的月球基地里了,我们上不去,她也下不来。不管你们是否知情,有什么东西正在破坏你们的系统。他们故意切断了你们与月球的链接,这肯定是有原因的。现在我还不知道那个原因是什么,但我想我们应该查出来,二位意下如何?"

"你为何会认为,有人要蓄意破坏一个已经顺利运作了四十年的基地?"詹宁斯问道。

"我可没说有人,我说的是有什么东西。"博士轮番看着詹宁斯和沃林斯基,发现他们的模样都很关切,"我也不知道为什么。不过硬要我猜的话——我认为,我比在座所有人都有资格进行这个猜测,那么我会说……"他踌躇了片刻,不知这两个人是否准备好听他接下来要说的话。

"说什么?"沃林斯基催促道。

"我会说,你们正在被侵入。"

## 10

里夫上尉给艾米安排了一个房间。她一度很想把自己的所见所闻告诉他,可话到嘴边,她又不太确定自己能否相信任何人了。里夫上尉很讨人喜欢,对她也很友好——与卡莱尔少校对比明显。但他也可能只是太漫不经心了。而且,那会不会都是演戏?博士非要在这种时候拍拍屁股滚蛋,扔下她一个人,简直太屡见不鲜了。艾米决定,等她再见到博士,非要赏他一顿大耳光不可。

"看来你要跟我们待上一阵子了。"里夫说。

"博士跟德夫尼什那边有消息吗?"艾米问。

"没有,不过那活儿挺难对付的。不知为什么,上校开了闭路通信,完全不跟我们对话。那可不是正常程序。不过他们带的氧气还够坚持几个小时,所以卡莱尔少校说,暂时不用管他们。如果出了问题,他们自然会呼叫;要是持续没有联系,我们也会在氧气值偏低的时候出去找他们。"

"你们好像有很多空房间啊。"艾米说着,想要换个话题。

"驻扎在这里的人数不是固定的,只是目前正好有空房间而已。"

艾米点点头。她确实没看到很多人,只有杰克逊手下的几个科学家、菲莉普丝护士,还有几个士兵。"现在这里有多少人?"

"总共可能有二十个吧,卡莱尔少校能告诉你确切人数。"

里夫留她一个人在房间里"安顿下来",尽管艾米并不知道他觉得她有什么要安顿的,毕竟她连个需要拆开的行李也没有。她躺在床上,凝视着白花花的天花板。那上面连块蜘蛛网都没有。基地里有蜘蛛吗?说不定有些小东西闯进量子机器过来了,或躲在建筑材料里被带了上来。她闭上眼睛,决定眯一小会儿。就眯到博士回来。他一定很快就回来了。

好像没过几秒钟,她就被敲门声吵醒了。

"什么——谁啊?"

"我是唐纳姆,长官。"

唐纳姆是一名士兵。艾米开门时,他马上立正站直了。"什么事?"

"博士要跟您通话,长官。"

"别叫我长官了,我叫艾米。"

"这边请……小姐。"他顺着走廊大步走了起来。

"我们要到哪儿去?"艾米问了一句,心想博士怎么不自己来找她。

"通信室。"

"博士在通信室吗?"

"准确来说不是的。您得用无线电跟他通话。他们利用几颗卫星接通了信号,所以我们能进行语音通信。"

"语音通信?等等——博士到底在哪里?"

士兵的步子稍微顿了顿,随后说:"木槿基地。他在地球上,长官。"

当艾米走进通信室时,里夫上校已经在对着无线电说话了。

"沃林斯基上将,他是管理木槿基地的军官。"里夫悄声对艾米说完,又加大了音量:"长官,庞德小姐已经到达,博士还在那边吗?"

让艾米惊讶的是,上将没有理会里夫,而是继续说道:

"……这意味着我们的当务之急,是恢复量子位移链运行。"他顿了顿,又继续道,"很高兴听到这个消息,里夫。博士还在这里。"

"他反应有点迟钝啊。"艾米小声说。

"通信有几秒钟时延。"里夫解释道,"本来应该更长的,但你那个博士朋友做了点改动,增强了信号。尽管如此,他们还是得花点儿时间才能听到我们说话,我们也得花点儿时间才能听到回复。"

"我有个老师的调性就这样。"艾米对他说。

"我就不打扰你们了。"里夫说,"我猜博士想跟你说些专业问题,同时不希望我们这些外行人听得稀里糊涂,插嘴打扰他。"

"我希望他刚才没有对你太失礼。"艾米对着里夫的背影大声说。他关上门,把艾米留在了房间里。

"庞德,很高兴能联系到你。"博士的声音隔着扬声器,听起来多了点儿金属感,"抱歉,我被困在下面了。你什么意思?"他突然有点生气地说,"我一点儿都没失礼。"

"几秒时延。"艾米说,"这下有意思了。"

"首先你要知道一件事——"博士说,"我们的通信有点时延……哦,你知道了。总而言之,你要花几秒钟时间才能听到我的回复。"

"知道啦。"

"但我猜里夫已经跟你说过了,所以你可能也知道这点,对吧?"

"是的。"

"你说'知道啦'是什么意思?"

"不,不,那是上一句话。知道啦说的是几秒钟时延。"

"莫非那是你对上一个问题的回答?好吧,我猜也是……

啊，是的，你刚说了。"

艾米叹了口气，"告诉我，这次通信到底为了什么，还是说你只想打个电话来，跟我吹嘘你自己回了地球，让我一个人被困在这上面？"

与此同时，博士也在说话："你可能在想，我为什么要进行这次通话。这可不是因为我要吹嘘……"他迟疑了片刻，又继续道，"哦，你确实是这么想的。很好。"

"博士，"艾米说，"我猜你有话要对我说，而我也确实有话要对你说。所以我们就别互相马后炮了，不如你先说吧？"

"没错……是的。"博士说完顿了顿，又说，"那你先来。"

"我？"

"哦，我先来吗？"博士惊讶地说，"好吧，如果你确定的话。"

"我确定。"

"你要先来？你说'我'是这个意思吗？"

"不，不是那个意思。"艾米有点恼火了。

"你应该想先来吧？"他顿了顿，艾米能想象自己的声音从休斯敦那边的扬声器里传出来，"好，那你说吧。"

很明显，一来二去地说了这么多，她还是得先来了。可她还没开口，博士就说：

"抱歉，你说'不，不是那个意思'是什么意思？"

"博士,别说了。不管你在说什么,当你听到这句话时,立刻闭嘴,听我说,好吗?"

"很明显是我误会了。"博士说,"所以让我先告诉你这里发生了什么吧,你肯定不会相信……"他突然停下来,"哦,好吧。我闭嘴。你说吧。"

艾米举起两只手,像爪子一般隔空去掐博士并不存在的脖子。她做了个深呼吸,随后将自己的所见所闻和盘托出。她复述了自己跟丽兹·迪德布鲁克的对话,说了亲眼看见菲莉普丝护士、杰克逊教授和卡莱尔少校走进治疗室的情形。她讲了自己跟士兵的冲突,以及他突然像被断电关机了般呆若木鸡,又被菲莉普丝护士带到医务室去的事情。

"后来他就坐在那儿,让护士给他包扎手上的伤,仿佛什么都没发生过。呃,除了他手上多了烫伤。他怎么会不记得呢?他怎么会觉得这一切都很正常呢?我知道当兵的并不都是头脑最聪明的人,可就算是当兵的,也该有点基础思考能力吧。他们总归要学会开枪,对不对?那他们至少得分清哪头出子弹吧。或许我一直高估了……"

"呃,艾米?"博士打断了她的话,"我知道你刚才说不要插嘴,可我只是想提醒你,沃林斯基上将还在这儿呢。另外还有几个军方人士。抱歉,我应该早点告诉你的。等你听到我的话,可能已经晚了。"

艾米闭上眼睛，暗自感到难堪。"不，说真的，"她飞快地说，"我刚才只是开玩笑。当兵的很好啊，多好呀……军装什么的。抱歉，博士，你说什么？哦，还有丰富的幽默感，所以他们能理解我的意思。"

他们陷入了一阵短暂却仿佛永无止境的尴尬。随后一个声音打破了沉默，艾米认出那是刚才跟里夫上尉对话的上将。只听他平静地说："那几秒钟时延真够漫长的。"

"我生命中最漫长的一刻。"艾米小声说完，又提高了音量，"不管怎么说，刚才那些就是我的见闻。简单来说，我觉得那个士兵的思维被篡改了，而这肯定跟杰克逊的疗程有关。抹除思维什么的。他看上去好像被催眠了，或者写入了什么指令。这里任何一个人都有可能被篡改，我完全不知道自己该相信谁。"说着说着，她意识到了自己的孤立无援，"我想你了，博士。你什么时候回来？我这里需要你。"

又是一阵漫长的停顿，随后博士的声音传了过来：

"如果你说完了，那就轮到我啦。什么？哦，是的，我也想你了。回去？好吧，那可有点儿问题，因为量子链必须从你那一端修复。我觉得那里应该没人能完成这项工作。或者说，没人想修复。"

"你证实了德夫尼什上校的人为破坏理论，"沃林斯基说，"但我们仍需要一个动机，除非像博士说的那样。"

说的哪样？艾米几乎要开口问了，但马上咬住舌头，保持了安静。

果不其然，博士兀自解释了起来："关于杰克逊的疗程，你的看法完全正确。"他说，"我不知道杰克逊是不是幕后主使，但疗程确实被操控了。你还记得我说过，移除治疗对象的记忆后，会留下一片空白吗？而那片空白，需要用别的东西来填补？我认为这就是事情的真相。有什么东西发现那些空白，并偷偷钻了进去。或许你所说的'白板'，就是那样被写入指令、成为傀儡的。又或者，那是疗程中的独立程序。总之，有什么东西盯上了那些空白，并据为己有了。"

"你的意思是，就像把软件下载到硬盘空白区域，或是电脑内存？"艾米问，"抱歉。"她很快补充道。

"我真希望自己能想出一个恰当的类比。"博士自顾自地继续道，"那可怜的九号囚徒在疗程中出问题了，于是，杰克逊就把自己的一部分记忆填入其中。所以他才会认识我，才会记得最初是他自己设置的疗程。杰克逊干的就是抹掉某人部分记忆的勾当，而那片多出来的空白……"他顿了顿，"没错……"他又顿了顿，"哦，太棒了，是的。没错，就是这么回事。下载，我喜欢这个说法。好吧，我一点儿都不喜欢这个做法，但你的类比非常不错。"

"那究竟是谁在往别人脑子里下载东西？"艾米问。

"问题在于,是谁正在往别人的头脑里下载东西。"沃林斯基说。

"你们两个都想到了。"博士说,"好吧,答案是——我也不知道,但那一定是与人类大脑比较相似的东西。它们能够将自己直接传输到思维中,且并非无的放矢。而那东西绝对不是人类的。"

"并且对人类心怀不轨。"沃林斯基补充道。

"看来是的。"博士赞同道,"坚持住,艾米。我会在下面尝试修复。我会想办法让系统上线一段时间,好让我回去,然后我就能处理掉那些外星入侵者,到时候我们就能回家了。简单。"

"哦,是啊,简单。"艾米说。哪怕隔着无线电通信,艾米都能从博士的语气里,听出他隐瞒了许多忧虑。

"你只要确保没人发现这件事就行。"博士说,"你说得对,不能相信任何人……哦,很高兴你这么想。但这很可能没那么简单……"

戴安娜基地的另外一个房间里,博士的声音从接入了主要通信系统的一个小音箱里清晰地传了出来:

"我很快会再联系你的。如果你要联系我们,可以呼叫上将,或者詹宁斯特工。你还可以呼叫坎蒂丝·赫克,她是负责研究和……各种东西的。所以她能理解你说的话。可能吧。反正跟我们差不多。总之你要老实待着,等我把事情处理好。"

房间里那个身着军装的人,伸手关掉了扬声器。尽管被困在地球上,博士依旧是颗眼中钉。他们必须确保那个人永远无法回到月球。

## *11*

艾米很确定一件事——她不可能一直"老实待着",直到博士把事情处理好。他可能要花上好几天,甚至好几个星期。而艾米知道,那些坏蛋(杰克逊或者外星人,假设这里真的有外星人)已经开始怀疑她了。按照博士的说法,他们一度想杀了他,并且真的除掉了德夫尼什上校,仅仅因为他们多管闲事。

她丝毫不怀疑博士迟早会回来。他不会丢下她,也不会丢下塔迪斯,而塔迪斯就停在月面上呢。等他真的回来了,一定希望能马上知道,有哪些人可以信任,哪些人的脑子被过了电,任外星侵略者鸠占鹊巢。

振奋人心的一点在于,丽兹·迪德布鲁克的部分胡言乱语,若用博士的理论来解释,听起来就有意义了。在那些胡话中,她提到了"他们"。就连那个接受治疗后死去的可怜囚徒,都对他们发出了这样的警告:"他们来了。"那是不是杰克逊本人,趁着不被外星人影响的瞬间,试着借用别人的身体警告他们呢?

艾米很确定,她不能信任杰克逊、菲莉普丝护士,以及卡莱尔少校——反正她本来就不太喜欢少校。可没有人，甚至包括那个对她关怀备至、性格迷人的里夫上尉，能让她感到可以信任。除了丽兹·迪德布鲁克。她那些毫无逻辑的语句，或许是为了牵制自己脑中的外星人，唯有在她往那些胡言乱语中塞入零散的信息和警告时，艾米才能相信她。如果她是疗程的早期受害者，或许当时出了岔子，也可能疗程没有完全成功……

脑子里还没做出任何决定，艾米已经下意识地走向了医务室。如果丽兹真的被外星思维寄生虫控制了，那它肯定已经知道艾米起了疑心。再次跟她谈谈，也不见得会雪上加霜。

艾米小心翼翼地窥视医务室入口，满心希望自己是对的。她完全不想让菲莉普丝护士知道，她又跑回来跟重点病人聊天了。

菲莉普丝护士站在接待处的办公桌旁，那个状态让艾米看到了可乘之机。除非她是刚刚走到这里，正准备坐下……艾米等待着，大气都不敢出，随时准备在菲莉普丝护士忽然看向门口时，抽身躲起来。但护士好像专注于桌上的什么东西，只见她伸出手，翻过一页纸。原来她在看东西——可能是一份医疗报告。

艾米仿佛一直等到了猴年马月，菲莉普丝护士才直起身子，看了一眼手表，转身走向门口。

艾米迅速跑过走廊。她并没有想好，菲莉普丝护士真的离开后该怎么办。她方才一心只想着，等护士走进医务室去检查患者或仪器什么的，她再溜进去看丽兹·迪德布鲁克。

艾米拉开离她最近的那扇门跑了进去。房间里很黑,她飞快地挡住了差点关上的房门,留下了一条小缝透出外面的光。直到菲莉普丝护士经过那道门缝,艾米才长长出了一口气。她正准备重新拉开门,房间却突然亮了起来。

"我的老天!"一个粗哑的声音喊了起来,"你是谁?"

艾米原地转身,发现自己站在一间卧室里。这儿跟里夫上尉为她安排的卧室几乎一模一样,但并不是她那间。卧室主人此时正坐在床上,赤条条的胸前还晃荡着金属名牌。

"哦,呃,嗨。"艾米说,"卫生安全专员,我来替你检查检查这扇门,确保铰链不会发出噪音。对,在黑暗里检查。"她把房门开开合合了好几次,以证明自己说的话,"瞧,毫无问题。"

士兵好像并不相信她,反倒有点恼怒——甚至愤怒。他光溜溜的双腿扫过床边,就在他身上的被单将落未落之际,艾米一把拽开房门小跑到了走廊上,"给你房门上的铰链评个A1吧。"她大声说,"抱歉,打扰你了。"

仪器发出平静而有规律的嘀嘀声,丽兹睡着了,呼吸平稳正常。艾米真希望他们没有给她使用剂量过大的镇静剂。她轻轻摇了摇这名年轻女性的肩膀,随后加大了力度。

几秒钟后,丽兹睁开了眼睛,"干什么?该喝蜂蜜牛奶了?"

"是我,艾米。我之前跟你说过话,记得吗?"

"记忆会作弊。"丽兹睡眼惺忪地说,"别人的记忆不是他们自己的。"

"我知道,现在我知道你在说什么了。我知道你为什么要胡言乱语——是为了阻止他们控制你的思维,不让他们发现你在向我告密,对不对?"

"我尝试告诉每一个人。我把大灰狼藏在树林里了。"

"工厂里的扳手?你想说这个吗?"

"油膏里的苍蝇。"

"你是说人为破坏吗?"尽管艾米很肯定周围没人,她还是用略微高过耳语的音量说着话,"是你破坏了系统,你想说这个吗?"

"缺乏照料的孩子寻找它。士兵为它立正站好。"

"什么?"

"一根橡皮筋被抻开,最后得到了它。"

艾米发现,那根本不是胡言乱语,而更像是谜语。而且她有点儿找到门路了。"橡皮筋——应力。你是说注意力?[1]你破坏系统是为了得到关注?好吧,你把我和博士叫来了,所以还算有点成效。"

---

1. 橡皮筋被抻开后会产生应力(A tension),两个词的发音组合成为attention(孩子寻求的"关注"之意,士兵的"立正站好"之意)。

丽兹猛地坐了起来,"你是来带我参加派对的吗?这下我能见到其他人了吗?我很困,不过我能参加派对。通宵派对。所有人都在睡觉。"

"什么派对?"艾米问,"你是什么意思?"

"还是我太困了?"她身子一软倒在枕头上,灰色的眼睛闭了起来,"你替我去。二十一点十五分,或者再晚点。它二十一点十七分开启。但不要在那儿过夜。绝不能在那儿过夜。清醒才是最好的。不喜欢不速之客,哦,不。调皮。"

"好吧。"艾米说,"我现在是真的听糊涂了。你要我擅闯的派对到底在哪儿?"她伸手扶住丽兹的肩膀,"在哪儿?"

丽兹的眼睛再次张开——蔚蓝的眸子盯着艾米,"七号舱。"丽兹说,"去参加派对吧。"说完她又闭上眼睛,发出细细的鼾声。

听见艾米走进来,站在医务室接待处的女人猛地转过身。

"哦,是你啊。"艾米说,"我觉得菲莉普丝护士应该不在这儿,因为我也在找她呢。"

"没关系。"卡莱尔少校短促地说,"你知道她还要多久才回来吗?"

艾米摇摇头,"我来的时候她就不在这儿。"

"你和那个博士——你们到底是来干吗的?"

"来修复系统。"这句话说出来倒有点像个问句。艾米感觉自己正在被审问。

"我只是不知道能否信任你们。"卡莱尔少校说。

"哦,绝对可以。我们非常值得信任。你有什么要坦白的吗?"这话可能有点过了,艾米想。但她还是要这么说。

"告诉我,"卡莱尔少校缓缓地说,"你来到戴安娜后,发现什么怪事没?"

"除了量子机器罢工吗?"

"我不是说机器,是说人。"卡莱尔少校死死盯着艾米,仿佛想从她脸上的雀斑里读出答案。

"人?"这肯定是个陷阱。艾米的回答有可能左右她的生死,要么她能继续自由自在,要么就会……惨遭毒手。"没有啊,所有人心肠都很好,乐于助人。你问这个干什么?"

卡莱尔少校微微眯起眼睛,"不干什么,我只想确认,手下的人是否向你提供了尽可能多的帮助和关照。"

"哦,是的,"艾米肯定道,"无微不至的关照。"随后,在卡莱尔少校转身要离开时,艾米又说:"七号舱里有什么?"

卡莱尔停下动作,转回身来,"你问这个干什么?"

"就是好奇,有人提起过。"

"有人?"

"你手下的人。"

卡莱尔少校点点头,仿佛接受了她的答案。"七号舱是新囚犯的暂押和登记区域。我们已经好几个月没接收新囚犯,也没有任何接收计划——即使在这次运输系统出问题之前。"

"所以那里面有什么?"

"什么都没有。七号舱是个空舱。"卡莱尔稍微歪过头说,"这样算回答你的疑问了吗,庞德小姐?"

"算,谢谢你,卡莱尔少校。"

"那我就先告辞了。"

"笨蛋,笨蛋,笨蛋。"艾米反复咕哝着。她真不该问起七号舱,让卡莱尔少校产生警觉。对方当然不可能透露任何信息。不过话又说回来,她可能觉得艾米相信了她的话——毕竟,为什么不呢?

艾米走进餐厅,给自己倒了杯咖啡——喝起来臭烘烘的。她很确定身后没人跟踪,而卡莱尔少校刚才也走向了主控区域。七号舱在基地另一头,远离所有舱室,是从基地主体延伸出去的独立空间。这倒是很符合少校的接收囚徒之说——它独立而设备齐全。但那也意味着,只有一条通道通往那里。

要进入那条通道,艾米首先得经过囚室单元。她抬眼望着中心区,不像刚才,她如今已经知道有人被囚禁在里面了。狭长房间另一头的门被锁住了,旁边装着一块数字键盘,还有一个貌似火警按钮的方形小玻璃板。艾米有点儿想打碎那个玻璃板，可就算它能激活警报，也不一定能把门打开。再说了，谁知道它会不会引发点儿别的什么呢？

可她并不知道开门的密码。或者，她其实知道？丽兹说派对在二十一点十七分，就算那是场想象中的派对，这个时间也未免有些奇怪。她刚才是怎么说的？"它二十一点十七分开启。"肯定是这个了。艾米输入2117，门应声而开。

"棒！"艾米得意地说了一声，又马上回头去看背后是否有人。

艾米走进去，等门关上，又输入了一遍密码，确认自己是否能从原路返回。看见门从两边都能开，她便放下心来，再次让门关上，开始小心翼翼地走向通往七号舱的通道。

她越往前走，通道上的灯光就越昏暗，最初的强光照明渐渐减弱，最终只剩下应急照明的血红微光。艾米猜测，既然这个区域没人用，他们大概也懒得让照明一直开着了。

假设它真的没人用的话。

通道尽头是另一扇门，艾米再次输入2117，门再次安静地滑开。下一步，艾米便踏入了噩梦。

舱室里有二十张桌子，整齐地排成四列，它们一模一样、朴实无华，被诡谲的红光照得怪异不已。每张桌子大约有两米长、一米宽，由金属和塑料拼接而成，和现代化写字楼里的办公桌别无二致。

只不过,这些桌子上全都躺着人,他们太阳穴上的贴片连线接入桌旁的监控仪器,监控器的小屏幕实时显示他们的心跳,体温的小数点后几位上下波动着。二十个人全都以同样的节奏呼吸,那声音让人感觉整个舱室都是活的。

艾米缓缓走在那几列桌子间。这到底是什么地方?医务舱?还是什么龙潭虎穴?

二十个人全都穿着军装,大多是男性,也有几个女性。二十个人全都双眼圆睁,无神地凝视着天花板。

唯有离门最近的那个士兵跟他们不一样。自从艾米进门之后,他就一直目不转睛地盯着她的一举一动。只见他的心跳监控化做一条直线,体温也消失了,原来,是他扯掉头上的贴片,坐了起来。

## 12

打磨得锃亮的金属板,镜子般反射着得克萨斯的毒辣阳光。坎蒂丝·赫克在一旁看着格拉哈姆·海恩斯调整其中一块金属板的位置。其他科研人员也在检查各自负责的金属板角度和连接。

此时,詹宁斯特工脸上的墨镜终于显得不那么突兀了。他正站在沃林斯基上将旁边,与他一起监管工作进度。坎蒂丝感到自己派不上什么用场,又有点力不从心,便走过去加入了他们。她很不习惯、也不太喜欢这种感觉。

"这能起作用吗?"沃林斯基问。

坎蒂丝耸了耸肩,"谁知道?自从查理·弗莱克诺去世后,就没人真正了解量子位移的原理了。"

"他设置了整个系统?"詹宁斯问。

坎蒂丝点点头,"他发明了系统,组装并调试了设备。结果设备还没运行几个月,他就得癌症死了。当时还是八十年代。他留下了一大堆笔记,但只有几个人能勉强看懂一部分。虽然那足以保持系统运作,不过老实说,我们都是侥幸熬过来的。"

"现在好运到头了。"沃林斯基说,"可那个博士,他好像能理解这些。"

"他看起来可没有成熟到能理解这些东西。"詹宁斯说。

他们齐齐看向话题的主角。博士只穿着一件衬衫,奔走在两列平行排列在沙漠上的金属板中间。他重新对齐了几块金属板,又检查了其他几块板子的线路连接,偶尔点点头表示赞赏。

"他忙碌的模样要成熟些。"沃林斯基说,"毫无疑问,他确实知道自己在干什么。他不可能只是在虚张声势,不是吗?"

"他列出的方程式极具才气,而且正确无误。"坎蒂丝说,"他的理论看上去很可行,而且他必定很了解其中的原理。他……"她努力想找到不那么带感情色彩的词汇,但并不成功,"他是个天才。"她承认道,"尽管如此,连他都说这个不一定能行。"

"所以理论上会发生什么?"詹宁斯问。

博士正好跑过来,听见了特工的提问。"这个理论本身就很匪夷所思。"他说,"所以很可能什么都不会发生。但如果我能将金属板的共振频率对应上月面接收器的频率,那样或许能使两个地点相互吸引,使它们再次重叠。"

"你能修好它?"沃林斯基说。

"如果我能像搭建系统的人那样,获得源源不断的资金和资源——那么给我三个月时间,绝对能修好。没问题。但今天?好吧，怎么说呢，或许有点儿可能。但最大的可能是它根本不管用。就算能管用，也不会稳定。"

"那么请恕我直言，你这样做的意义何在？"詹宁斯问。

"因为总有一丝可能性，我们得尽量尝试。"坎蒂丝对他说。

"一点没错。"博士赞同道。他从口袋里拿出一卷纸，坎蒂丝发现，那上面满是潦草的手写，像是从笔记本上撕下来的。"这个临时系统不能保证我们中任何一个人安全通过，但我已经写下了一些在月球基地那端修复系统的意见，假设他们真的想修复系统。纸张有个好处，就是留在月面上也不会窒息。"他把纸塞回口袋里，"现在，我有个问题。"他对詹宁斯说。

"嗯？"

"你穿着那身西装不热吗？"


裹在太空服里更热了。博士觉得头上那顶严丝合缝的白色兜帽裹得他难以呼吸，仿佛随时会爆发幽闭恐惧症。

"我情愿穿自己那套，至少不那么笨重。"他抱怨道。

"我不知道你是从哪儿弄来的那套太空服，"坎蒂丝对他说，"反正你弄丢了头盔，而我们的又不能兼容。我倒是很期待对那套制服搞个逆向工程。"

"你敢！我告诉你，一根线头都不许碰。"

"可是——"她开口反驳道。

博士抬起一只手,"啊!"他警告道,"没得谈。"

所有人远离现场后,博士站在两列反光金属板组成的路径末端。他操作头盔一侧的按钮,放下金色面板,隔绝了晃眼的阳光。

他用一只戴着笨重手套的手拿起音速起子,喃喃道:"好,我来了。"

音速起子的顶端亮了起来。连接金属板的发电机,发出开始运行的嗡鸣。他稍微调整了起子上的设置来改变频率。博士面前的空气笼罩在一片热浪中。不过,那或许并不是普通的热浪。

两列金属板之间的天空突然阴沉下来,黄沙仿佛褪去了颜色,变得灰暗而贫瘠。空气涌进真空,在博士身边卷起一阵微风,吹向月面接收器划出的道路。

"哦,棒极了!"博士叫了一声,可他的愉悦,很快就被出现在眼前的身影打消了。

德夫尼什上校躺在月面上,扭曲变形的脸一动不动地盯着博士。他戴着手套的手向前伸出,仿佛在乞求援手——他永远没有等到的援手。

走入量子链接的感觉很像走进一场风暴,仿佛所有空气再次被挤走。博士探身进去,挣扎着前进。

"出什么事了?"坎蒂丝·赫克的声音在他头盔里响起,"起作用了吗?"

"是也不是。"博士一边踉跄着往前走,一边喘着粗气说,"位移不会持续很长时间。如果系统失效时我正好处在位移区域,就会被撕成碎片。地表环境正在努力恢复原样。"

"赶紧放下你那叠纸,然后出来。"

博士另一只手就拿着刚才那叠纸,他把纸按在德夫尼什身旁的地面上,但感觉一松手,纸片就会被风吹散。他需要找个东西压住纸片,可尽管如此,当位移断开时,它们还是有可能被撕成碎片。

德夫尼什的太空头盔就在旁边——与那位逝者的指尖仅有令人痛心的咫尺之遥。博士把头盔滚到纸片上。头盔在劲风中摇晃,但没有被吹走。随后,博士抓住了德夫尼什伸出的手。

"对不起。"他呢喃道,"我真不是有意丢下你等死的,而我也不准备把你扔在这里等着被撕成碎片。"他正好顺风,很快便把逝者的尸体拉回了得克萨斯沙漠。

不远处还滚落着另一只太空头盔,在阳光下闪烁着红光。博士用尴尬的姿势伸出一条腿,把头盔踹到自己正前方。它像风滚草一样穿过冰冷的月面,落入热气蒸腾的沙漠中。

博士拖着德夫尼什上校的尸体跟了上去。他一走出金属板划出的道路,便双膝一软跪倒在地。

与此同时,他身后那两列金属板一个接一个炸开了。金属板中间是一串凭空冒出来的踉跄脚印,以及尸体被拖拽的痕迹。那串痕迹一直延伸到博士所在的地方，而他正手忙脚乱地脱去身上的太空服。

"只差一点了。"坎蒂丝跑向博士，"我们差点就成功了，如果量子链能保持稳定就好了。"

"历史充满了各种'如果'，"博士遗憾地对她说，"可那是我们最后的机会，我们返回月球的最后一个办法。"他摘掉一只手套，甩到沙地上。

沃林斯基上将站在坎蒂丝·赫克身边。两人相视一眼。

"不，"沃林斯基对她说，"绝对不是。"

"什么？"博士问，"仔细说说。"

"你刚才说我们失去了回到月球的最后一次机会。"坎蒂丝说。沃林斯基叹了口气，低头看着脚下的黄沙，而坎蒂丝则继续道："或许我们还有一个办法。"

士兵的全部注意力都放在艾米身上。他行云流水般地将两条腿扫过桌面，随后站了起来。

"离门最近，那你应该是警卫了。"艾米说。

士兵并不作答。他看上去跟艾米差不多大，一头剃得很短的金发。只见他镇定自若也目标明确地朝她走了过来。

艾米不断往后退，一直跟他拉开几张桌子的距离。士兵不断改变路线，绕过桌子前进，但始终拦在艾米和门中间。

"听我说,我这就走。我自己能出去,不用你费心。"

士兵好像对她的话充耳不闻。他一门心思想要靠近艾米。当他走近后,就伸直了双手——仿佛低成本电影里的僵尸,只不过那些电影里的僵尸通常行动缓慢,只会步履蹒跚地追在目标后面,而这个人却脚步轻快,行动果断。

艾米跑到一列桌子的尽头,又掉头跑进下一列。士兵在桌子的另一边对她穷追不舍,还抄近路拐进下一列。

如果她停下来等待他的行动会如何呢?这个士兵会不会跟之前那个一样,像断电一样停下来呢?

她试了试。两人隔着一个穿着军装俯卧在桌上的年轻女性,大眼瞪着小眼。

"你要在那儿站一整天吗?"艾米问。

士兵突然俯身向前,两手撑住了桌边,仿佛在对她做出回应。紧接着他纵身一跃,跳过了桌子和上面的人,落到艾米身边。

她吓得尖叫一声,很快又为自己的反应感到羞愧,同时跑了起来。

此时,士兵已经没有拦在她与门之间,可问题是,他就在艾米身边。他一把抓住艾米的头发,把她往回拽。

"放开我!"她叫喊道。

但士兵并不松手,而是坚决地把艾米拽向自己。

她在慌乱中朝后乱踹，希望能踹中士兵的小腿。然而她的脚却撞到了病床旁边的台子上，反作用力回馈到腿上，震得她两眼飙泪，那种疼痛堪比被人拽着头发拖行。

她那一脚也让台子剧烈晃动起来，上面的仪器在空中划出一道弧线，最后砸到了地上。电线四下散落，全都纠缠在一起，某处连接被断开，警报响了起来，室内顿时回荡起没完没了的低沉嗡鸣。

下一刻，艾米突然被松开了。士兵放开了她的头发。这大大出乎她的意料，甚至令她忘了逃跑。只见士兵迅速而小心地抬起仪器放回台上，重新连接上脱落的电线。警报停了下来，士兵转身走向艾米，再次伸出双手。不过她这次成功躲开了士兵的控制，转身跑了起来。士兵紧追不舍，靴子踏在地板上的声音震动着她的耳膜，越逼越近了。

出口显得无比遥远。艾米绕过桌子躲开士兵，顺着通道一路狂奔，但始终没能甩掉他。士兵再次伸手逮她，她甚至能感到那人的手擦过了肩膀。艾米深知不等她跑到门边，士兵就会追上。一旦他追上来……

她大口喘着气，加快了速度。她越过追兵先前躺着的那张桌子，现在只差最后一排桌子，便能跑到门边。

可就在这时，她的一只脚踩到了士兵醒来后从脑袋上拔掉的电线。她脚下一滑，一个趔趄，只差一点就能恢复平衡——最后终究还是摔倒了。

艾米的后脑勺狠狠撞到地面,眼前的天花板霎时变得模糊了。士兵伸出双手掐住她时,她看到一双空洞的灰眸。

## 13

艾米没有给他双手攥紧的机会。她往旁边一滚,挣开了士兵的钳制。与此同时,她还一脚踹向旁边病床的台子,把仪器震落在地。她一站起身就拔腿狂奔——但没有冲向大门,而是挨个跑过病床,把沉睡者们太阳穴上的电极片扯下来,又把监控仪器推倒在地。

士兵马上开始捡拾仪器,恢复连接。他的动作一丝不苟且极富效率。显然,这项工作的优先级,高于追逐入侵者。

"原来你的作用是保护他们。"艾米说,"可是,保护他们做什么呢?"

她看着士兵为另一个沉睡者重连设备,监控器很快恢复了正常运行,体温和血压的读数,也回升到艾米猜测的正常水平。她缓缓后退,目光从未离开士兵的一举一动。如果她转身就逃,他会不会把她切换成优先事项呢?

她刚进来时,门在她背后关上了。她必须转过头去,才能看到键盘上的数字。她只需要几秒钟就能输入密码,可她担心回头时，士兵就已经站在她眼前了。

然而,他还在房间另一头重新连接设备。她成功了,她安全了。

艾米身后的大门安静地打开了。

她正要转身离开,却被一只手按住肩膀,死死抓住了。

"你在这里干什么?"

博士、坎蒂丝、沃林斯基上将和詹宁斯特工,挤在一辆吉普车后座上,回到了木槿基地。博士一路上都在打理他失而复得的太空头盔。沃林斯基和坎蒂丝·赫克都没有对他细说重返月球的另一种可能。莫非基地有一套紧急备用系统?或者那玩意儿实在太危险了,他们根本不敢用?

"我们还没有证据。"沃林斯基在引擎的轰鸣中高声说道,"无法确定你的外星入侵之说是否可信。即使退一万步讲,你的猜想也太天马行空了。"

"最棒的理论通常都很天马行空。"博士对他说,"但不管我的说法是对是错,我们都需要给你的基地重建一条连接。"

"这是紧急事项。"赫克说,"戴安娜的技术员肯定已经着手修复了。杰克逊非常棒,如果说谁能修复系统,那肯定非他莫属。"

"那么,如果没有人能修复系统呢?"詹宁斯耸了耸肩,

"我就来泼泼冷水吧,或许真的没人能修复,甚至杰克逊都不行,又或许——只是或许,我们这位博士说对了。其实并不一定需要外星人,如果是内鬼故意破坏了月球基地上的系统,那么任凭杰克逊有三头六臂,也无济于事。"

"你觉得谁有可能是幕后黑手?"博士问。他觉得詹宁斯不太相信这是外星人所为。

"见鬼,我们不知关了多少危险又不讨人喜欢的家伙在上面啊,万事通。随便哪个人,都可能有一堆朋友,随时准备舍命把他救出来,甚至只是为了示威也要惹是生非。"

"那是个小矮人。"博士说,"你觉得我像小矮人吗?"[1]

詹宁斯皱起眉毛,"你说破坏者吗?你是说,他必须身材矮小,才能从很窄的地方钻进系统内部?"

"不,不,不。万事通是个小矮人。我不是。"博士为了证明自己的观点,在吉普车里站了起来,随着车身的颠簸左右摇晃着。车子正好越过一道沙丘,颠簸更加剧烈了,于是他又坐了下来,"瞌睡虫、喷嚏精、呆头鹅、大懒虫、小矬子。"他停下来,咬着下唇想了想,"不,等等,我是不是弄错了。瞌睡虫、喷嚏精、迷糊蛋、爱生气、开心果、害羞鬼——他名字的尾音不

---

[1] 上一句话里,詹宁斯把博士(Doctor)叫"Doc",这是七个小矮人当中的首领人物的名字,中国译为"万事通"。博士很不喜欢别人用缩写称呼他,故有此反驳。

是'ee'[1],但我觉得没错,毕竟他的名字也代表了一种情绪,对不对?"

"还有万事通。"坎蒂丝接过话头,"没错。"

"万事通可不是情绪。"博士说,"这一直让我耿耿于怀,不过他确实是个小矮子,而我不是。所以别再叫我万事通了,好吗——詹特工?"

詹宁斯大笑起来,"知道了,博士。不过你以后要是碰见跟白雪公主一样美的人,记得告诉我在哪儿能找到,行吗?"

"她就在月亮上。"博士说,"我正准备把她带回来。"

他们回到木槿基地时,格拉哈姆·海恩斯已经等在那里了。他看起来兴奋得坐立难安。

"博士离开前让我们扫描的东西已经弄好了,简直太难以置信了。"他对坎蒂丝说。

"什么东西难以置信?"沃林斯基从吉普车上跳下来追问道。

"首先是他对赫歇尔望远镜[2]做的调整,全凭遥控就搞定

---

[1]. 除了害羞鬼(Bashful)外,其余五个小矮人的名字都以"ee"的发音结尾:瞌睡虫(Sleepy)、喷嚏精(Sneezy)、迷糊蛋(Dopey)、爱生气(Grumpy)、开心果(Happy)。
[2]. 以英国天文学家威廉·赫歇尔的名字命名的一台大型远红外线望远镜。它宽4米,高7.5米,是迄今为止人类发射的最大远红外线望远镜。2013年4月29日,赫歇尔空间天文台因为制冷剂耗尽而结束任务。

了。"海恩斯钦佩得摇头晃脑，"那人是个天才。"

"那当然了。"博士大步从他们身边走过，"我们去看看赫歇尔发来的东西吧，各位？"

沃林斯基、詹宁斯、坎蒂丝·赫克以及海恩斯，一众人跟随博士挤进了上将办公室。海恩斯已经把扫描结果发到了沃林斯基的电脑上。

"作为一个小矮人，这活儿干得很不错啊。"詹宁斯特工咕哝道。

"你说什么？"海恩斯茫然地看着他。

"这玩意儿看起来，就像叠在暗色背景上的一大堆鲜艳色彩。"沃林斯基说，"有人愿意告诉我，它到底是什么意思吗？"

"这张图的意思是，博士猜对了。"坎蒂丝说。

"它意味着麻烦。"博士补充道。

"这些看起来很像彩虹条纹中的橙色区块，"坎蒂丝解释道，"它们代表爆发的能量。望远镜被调校成了类似MRI的扫描装置，也就是磁共振，扫描大脑时会用到的那种。

"简而言之，"海恩斯补充道，"它能探测脑波。"说完，他就挨了坎蒂丝一记眼刀。

"这些脑波出现在哪里？"

"我们无法判断它们来自何处，"博士说，"但它们到达的地点……"他指着彩虹末端说,"就是你们的戴安娜基地。确切地说,是杰克逊教授的治疗室。"

所有人都盯着屏幕上的彩虹,陷入了短暂的沉默。

"这是一直都有的吗?"詹宁斯特工问。

"不,它只会爆发性显现。"海恩斯说,"不过听好了——那些爆发性显现,与记入日志中的治疗设备使用时间相重叠。因为每次动用设备,都会抽空能量,就都得记入日志中。"他解释道。

"杰克逊一开启他的机器,"博士说,"外星脑波就分秒不差地显现,一而再再而三。这根本不是巧合。"

"而且情况正在恶化。"坎蒂丝对众人说,"刚才海恩斯传输数据时,我查看了彩虹另一头的情况,随后我把赫歇尔的焦距拉到最大。你们看吧,这是实时画面。"

她在沃林斯基的键盘上敲了一会儿,屏幕上的图像随即变成了一道横贯黑色背景的红色脉冲光。

"这是持续的,"詹宁斯说,"对不对?"

"没错。"坎蒂丝赞同道,"不再是有规律的爆发性显现,而是持续的流动。好消息是,它还没有到达戴安娜,目前还在逆流而上。但不管它究竟是什么,那东西正在一点点朝戴安娜移动。"

"增援部队。"博士说,"下载,还记得吗?此前他们一直在间歇性传送精神活动,就好像一次只给你发送一个外星人脑子。你们可以把它想象成刻录CD,一次一个文件。"

"那这个呢?"沃林斯基敲了敲屏幕。

"这是持续下载,一大堆数据同时跑进来。他们提升了带宽,每次可以传送不止一个脑子了。"

"我们面对的数量是多少?"詹宁斯问道。

博士耸耸肩,"首先,足够戴安娜基地人手一个。"

"那只是首先?"海恩斯吹了声口哨,"然后呢?"

"然后地球上每人分一个。"博士环视着周围那一张张神色严峻的脸,"它们的计划增档加速了。这有可能是早已计划好的,也有可能是什么东西让它们产生了担忧,决定加快动作。这就是为什么它们要切断量子链,这就是为什么这东西……"他指向屏幕,"正在步步进逼。一旦援军到达,他们就会恢复量子链,大举入侵地球。我们快没时间了。"

"可是为什么?有什么东西能吓得他们改变计划?"沃林斯基问。

博士突然露出灿烂的笑容,"我。他们知道我能一举挫败他们的阴谋。可我在这里无法施展,必须回到月球去。而我知道你有办法把我送上去。"

海恩斯看到了沃林斯基和坎蒂丝·赫克脸上的表情。"你们不是认真的吧?"他说,"快告诉我,在这事儿上,我们并没那么心有灵犀地全想到了一块儿去。"

"博士,"沃林斯基说,"我要给你看个东西。"

士兵已经快把沉睡者的仪器全部重新接好了。艾米和里夫上尉站在敞开的门前,里夫一脸惊讶地看着门里的光景。

"那是戴森二等兵,"里夫说,"他本该回木槿去了。事实上,这些人都应该已经回去了。他们待在这儿干什么呢?"

"我猜,你们木槿基地的人,也觉得他们还在天上执勤吧。"艾米说,"有人一直在撒谎,利用你们的机密性,去掩盖这里正在发生的事。快来,我们得离开这里。他被写入了指令,收拾完仪器就该收拾我们了。"

"写入指令?"里夫困惑地摇了摇头。这个一直都酷得不行的上尉,露出如此惊疑不解的表情,倒是显得有些滑稽。"你什么意思?这些人病了,我们得帮他们。"

"是的,我们要帮他们,"艾米把他推到门外的走廊上,"可只靠咱们自己是做不到的,而且还得先弄清楚幕后黑手是谁。"

"菲莉普丝护士一定知道他们在这里。"

"我敢肯定她知道。"门关了起来,"等等。"艾米转身盯着里夫,"你怎么知道我在这儿?"

"我刚才在安全控制机房,看见暂押区的门被打开了,因为这次开门没有授权,我就决定来查看一下。"

"他们肯定有权限越过监控,不让人发现他们来过这里。"

"可你说的'他们'是谁?"里夫问。

艾米正急匆匆地往回走,"菲莉普丝护士,还有杰克逊教授。"

"杰克逊也参与了?到底怎么回事?"

他们来到走廊尽头,艾米输入密码打开门。

"这事儿解释起来有点困难。"

"那你克服克服。"

"你想想,杰克逊教授的治疗方式,不就是从人脑中抹去记忆吗?我觉得,里面那些人是整个脑子都被清空了。杰克逊提到过'白板'这个词——说的就是那些人。他们都是名副其实的白板,一个个等待被植入新人格的空白大脑。"

"你是说,换脑?"

"对。不过博士认为,将要占据他们大脑的都是外星人。"

里夫笑了起来,"你在开玩笑,对吧?"他注意到艾米的瞪视,停止了笑声,"好吧,你没开玩笑。你觉得我们该做些什么?"

"逮捕杰克逊和菲莉普丝护士。"艾米转头看向巨大的玻璃窗外,那是囚室所在的中心区,"至少你已经有地方关押他们了。单独拘禁。"

里夫慢慢点着头,"我得把这事儿给卡莱尔少校汇报一下。

想说服她可能不太容易。"

"不!"艾米拔高声音说,"我觉得她也参与了这件事。"

"安迪·卡莱尔[1]吗?不可能!"里夫突然嗤笑出声,"她一直都是那个样子,不会是外星人变的。"

"我们不能冒险。"艾米坚持道,"现在只有你跟我,等我们查出更多内幕再说。"

"我们怎么查?"

"从杰克逊和菲莉普丝着手。"

里夫点点头,"有道理。不过在此之前,得先回我宿舍去一趟,我想我们需要点东西。"

"手铐?"

里夫摇摇头,"枪。走吧,说干就干。不管之后发生什么,我们面临的后果都很严重,所以你就祈祷自己没猜错吧。"

"不。"艾米对他说,"我真心希望自己猜错了。"

---

1. 安迪是安德莉娅的简称。

# 14

吉普车里只有四个人——博士、坎蒂丝·赫克、詹宁斯特工和沃林斯基上将。

上将坚持要亲自开车,坎蒂丝则坐在他旁边副驾驶的位置上。

"要不是迫不得已,我不想让任何人知道,我们竟然考虑过这个方案。"沃林斯基把车开出基地时,对旁边的坎蒂丝说。

吉普车在空旷的沙漠上疾驰,轮胎翻腾起一路黄烟。周围没有路标,没有记号,甚至连路都没有,但沃林斯基好像知道该往哪里开。

"你知道这个做法太疯狂了。"坎蒂丝对他说。

沃林斯基点点头,"坎蒂丝,我们或许只能疯上一把了。"

詹宁斯和博士都坐在吉普车后座上。

"你知道他们在说什么吗?"詹宁斯问。

"我大致能猜出来。"博士愉快地承认道。他笑得像个走进糖果铺的孩子,"你呢?"

"不知道。这是在发疯,这我能听懂,别的就猜不出来了。嗨——这整件事都很疯狂,从头到尾。"

"还没到尾呢。"博士说着,表情沉凝下来。

"告诉我,你说的外星人入侵,真的不是开玩笑吗?我是说,真的真的不是开玩笑?"

"真的真的真的不是开玩笑。不过我注意到,你和上将并没有大吵大闹,坚称外星人不存在,或者我在异想天开。"

詹宁斯摘掉墨镜,掏出一块雪白的手帕擦了擦镜片,然后戴了回去。

"我猜沃林斯基和我一样,读过某些资料。UNIT[1]、火炬木[2]、黄皮书行动——那些真家伙,不是他们放在自由信息网上糊弄人的删改版。"

"UNIT?"博士说,"那你知道我是谁啦?"

詹宁斯微微一笑,"如果你再稍稍老一点儿,我就知道你是

---

1. 前身是"联合国情报特派组"(United Nations Intelligence Taskforce),后改称"联合情报特派组"(Unified Intelligence Taskforce),简称UNIT。它是一个军事组织,主要职责为调查与解决外星人入侵,从第二任博士的剧情开始出现。UNIT会给博士发工资,但博士从来不去兑支票。
2. 全称火炬木小组(Torchwood Institute),建立于1879年。第十任博士与罗丝解救了维多利亚女王后,得到女王授勋,同时被逐出英国。后来维多利亚女王就下令建立了火炬木小组,目的是保护大英帝国不受外星人入侵、搜集外星科技,以及抓捕博士。新版博士第二季第十二集《鬼军》之后,原火炬木总部毁于金丝雀码头之战,新总部转移到卡迪夫的火炬木第三分部,衍生出了杰克·哈克尼斯上校为主角的电视剧《火炬木小组》。

谁了。"

"相信我。"博士对他说,"我已经老了不少。"

万里无云的蓝天上,日头毒辣,车在阳光的炙烤下,开了将近一个小时。好不容易,博士终于看见远处出现了不再只是黄沙的东西。

詹宁斯也看见了,"那是什么?看起来像座楼,尖塔一样的楼。"

博士没有回答,但他脸上的笑容已经回来了。

车越开越近,那东西透过热浪逐渐显现出来,成了一座高耸入云的圆形白塔。塔尖呈锥形,在顶端收束成一枚长钉,笔直地刺向天空。

"还有很长一段路呢。"詹宁斯说,"我们在往那儿走吗?"他大声问沃林斯基,随后又转头对博士说,"不过这里也没别的东西了。"

博士并没有听他说话,而是专注于前方那个越来越大、在阳光下反射着耀眼光芒的结构体。

吉普车冲上一道陡峭的斜坡,这地方看起来就像火山口。现在可以看到,眼前的结构体,远比它从"火山口"冒出来的部分高大得多。前方地面猛地下陷,形成了一个巨大的碗状沙盆。

沃林斯基把车停在盆地边缘,又激起一片黄沙。

"你绝对是在耍我。"詹宁斯一跃,跳出了吉普车。

博士兴奋得上下蹦跶，"这真是……棒极了。[1]"他沉吟了片刻，才挑选出最符合心境的形容，"妙不可言。如果要我运用一个六十年代的词汇——那就是妙极了。我想在这种情景中，使用这个词一点都不突兀。"

四人站在"火山口"的边缘，眺望着那座巨大的结构体。

"我每次都会感到震撼。"沃林斯基坦言道，"我不怎么来这里，可每次来都会为它的宏伟所震慑。想想那东西里面包含的工程量吧。"

"三百六十三英尺[2]。"坎蒂丝说。

"那跟圣保罗大教堂差不多高。"博士说，"它有多重？"

"满载燃料的状态下，超过三千吨。"

"那可真是个大宝贝。"詹宁斯说。

他们脚下，几座低矮建筑聚集在盆地边缘，它们全都远离盆地中间的主结构体，但互相之间有道路相连。其中一座建筑还延伸出了几条巨型管道，与中间凸起的庞大方形发射台相连。

发射台上，平地拔起一座巨大的塔形脚手架，其高度远超博士所在的盆地边缘。那座脚手架支撑的，便是一艘直指蓝天、威风八面的庞大火箭。

火箭整体为白色，衬有黑色条纹，底部还印着硕大的"USA"

---

1. "棒极了"（fantastic）是第九任博士的口头禅。
2. 约为110.6米。

字母。从底部向上，火箭在三分之二的位置开始收窄，延伸到顶端便是他们在路上看到的，从人造盆地边缘伸出来的细长圆柱体。

"土星五号火箭。"沃林斯基说，"人类史上最大的运载火箭[1]。这一艘的序列号是SA-521，明面上并不存在。"

"你们之前说过，戴安娜基地是由好几次秘密阿波罗登月计划建立起来的。"博士想了起来。

"没错，"坎蒂丝回答道，"从阿波罗18号到22号。然后他们就启动了量子位移链，并且一直运转正常。从那以后，他们就用不着麻烦又昂贵的火箭了。"

"可他们已经造好了一艘。"沃林斯基说，"想掩人耳目地处理掉，实在太困难了。官方宣称取消计划的18号跟19号，还有备用版天空实验室运载火箭都已经退役，并被送到休斯敦、肯尼迪和位于亚拉巴马亨茨维尔的太空火箭中心展出了。"

"所以这艘火箭就留了下来。"坎蒂丝说，"理论上是一艘紧急备用火箭，随时准备在接到通知的一周内，填装燃料，发射升空。"

"不过那已经是三十年前的事了，"沃林斯基对他们说，

---

[1]. 译者翻译本书时，SpaceX公司在阿波罗11号曾经使用过的肯尼迪航天中心LC-39A发射台成功发射了猎鹰重型火箭（Falcon Heavy）。尽管猎鹰重型火箭是目前现役最强大的火箭，但相比土星五号还是略逊一筹，所以它依旧是人类史上最大的运载火箭。

"谁知道它现在是个什么状态？"

"而且我们也没有一个星期时间。"博士说，"我们最多只有二十四小时来把它准备好。"他兴奋地拍了一下手，"另外我们还要加快航行速度。阿波罗11号飞了四天才到月球。我想在四十八小时内到达。"

"这个宝贝肯定比第一次登月的火箭快。"坎蒂丝说，"英国火箭集团为火星探测计划[1]研发了M3改性燃料，原本打算供给火星探测器返航使用，后来计划终止，他们就想办法把燃料用到了这个宝贝上。那能削减不少航行时间。"

博士挥了挥手上的音速起子，"我还能再削减一些。"

"你知道吗？"坎蒂丝说，"这事儿听起来完全没有我想象得那样荒谬。如果你昨天对我说，我们将会认真考虑把那东西发射升空，我可能会说你脑子烧坏了。可不知为何，我们眼下就站在这儿，看着它……又让这一切听起来都合情合理了。"

"那得假设那玩意儿过了这么久还能用，"詹宁斯说，"再假设你们能找到够老练也够疯狂的人来驾驶它。"

"我们需要三名宇航员。"沃林斯基说。

"两名。"博士对他说，"你们已经有我了。"

---

1. 在《神秘博士》老版剧集（如第七季第三集《死亡使者》等）中，火星探测计划（Mars Probe Mission）是由英国航空中心（曾用名：英国火箭集团）监管，采用国际电控自动化公司的技术（实为赛博人技术）开展的火星探测计划，在火星探测13号被冰雪战士（火星人）摧毁后，整个计划终止。

"说得好像你受过专门训练似的。"坎蒂丝说。

"我可是持有火星-金星火箭方程式执照的人[1],"博士明显感到了冒犯,"可能比你们去病急乱投医找来的任何人都更有资格。不信你问詹宁斯,他看过资料的。"

詹宁斯点点头。"别问,"他说,"信他。"

片刻沉默之后,坎蒂丝说:"帕特·阿什顿理论上负责维护那东西。他有关于航天飞机的经验,所以应该能驾驶它。"

"马蒂·加勒特也逛完街回来了。"詹宁斯补充道,"他作为技术主任,待在戴安娜基地的时间比任何人都长。带上他正好还能帮忙理清上面的问题。"

"加勒特就是出现在汉堡店门口的宇航员,对吧?"博士问道,"既然如此,在真正发射这艘火箭之前,我就只剩下一个问题了。"

"什么问题?"沃林斯基问。

博士朝他们眼前那艘巨型火箭努了努嘴,"它有名字吗?"

沃林斯基笑了起来,"它当然有,尽管那个名字算不上独特。你们眼前这位就是明面上并不存在,实际却有名有姓的——阿波罗23号。"

---

[1]. 火星-金星火箭方程式举办于2511年,第四任博士声称他持有参赛飞行员执照,参见:老版《神秘博士》第十二季第一集《机器人》、第八任博士小说《雅努斯合相》。

## 15

把半自动手枪插进肩挂式枪套,再藏进军装外套后,里夫上尉带头走向杰克逊的办公室。

"并不是所有外星人都怕枪。"艾米提醒道。

这次里夫同样认真听了她的话,没有质疑她的信息来源,这让她再次吃了一惊。"就算他有外星人的脑子,身体也还是人类。"

"有道理。现在只能希望他也意识到这点了。"

"我们保证会让他意识到的。"

杰克逊的办公室关着门,艾米有点希望他不在里面。但他们刚才已经路过了空无一人的治疗室,如果这里也不见人,就得去杰克逊的寝室找了。

"把这儿交给我,好吗?"里夫说着,敲了敲门。

"你有枪,你做主。"

杰克逊在里面说了声"请进",声音隔着门板显得有些模糊。他正在办公,看见里夫和艾米立即站了起来。

"上尉、庞德小姐,这真是个惊喜。我能否知道,是什么风把二位吹到我这陋室来了?快请坐,随便挪开点东西坐下。要喝茶吗?"他指了指旁边的金属烧水壶。

"我们不是来闲聊的,教授。"里夫简短地说。

"哦,那真是太遗憾了。既然如此,请容我问上一句,你们到这儿来干什么?"

里夫用掏枪的动作回应了他,"游戏结束了,杰克逊教授。庞德小姐自己做了点儿调查,现在她什么都知道了。"

杰克逊翘起一边眉毛,"什么都知道了?哦,我很怀疑这点。"

"那你就是不否认啦。"艾米说。

"我还不太清楚你对我的指控是什么,所以,眼下我暂时不作任何否认。"

"庞德小姐去过七号舱了。"里夫说,"她看见了里面的东西,她知道你一直在把外星思维下载到你所创造的白板身体中。"

"她知道了?"杰克逊看起来若有所思,而非焦虑不安。

"对,知道了。"艾米对他说。她真希望能抹掉杰克逊语气中的那股自命不凡,还有他脸上那半抹微笑,"所以正如里夫上尉所说,游戏结束了。你和菲莉普丝护士,还有你们控制的人,都要束手就擒。"

杰克逊又坐了下来,"这位年轻的小姐,你要把我们怎么样?枪毙吗?"

"不。"艾米对他说,"我们要把你们关在监禁区的空囚室里,一直关到博士回来。他知道该把你们怎么样。"

"只是博士再也回不来了。他要怎么回来?"

"他会找到办法的。"艾米说着,其实心里也没有底,"一切都结束了,杰克逊。你惹了一大堆麻烦,这点你最清楚。"

杰克逊缓缓点了一下头,"幸亏我加快了日程,切断了量子系统。最开始破坏系统的人,可帮了我们大忙。事情快要失控了,我们必须尽快占领戴安娜基地,做好准备,一举渗透地球人的思维。"

艾米嗤笑一声,"你还是不懂,对不对?一切都结束了。你们的侵略失败了。不知你有没发现,里夫上尉正拿枪指着你呢。"

杰克逊清了清嗓子,装腔作势地道歉道:"恐怕是你'不懂'啊,庞德小姐。套用你的说法,不知你有没发现,里夫上尉的枪并没有指着我。"

艾米感到脸上迅速失去了血色。她缓缓转身看向里夫,不用等杰克逊补充,她已经知道自己会看到什么了。

"他的枪正指着你呢,庞德小姐。"

黑洞洞的枪口正对艾米的脑袋。里夫上尉面露微笑,双眼却像石头一样冰冷灰暗。"很抱歉。"他平静地说,"我不能让你到处乱说。毕竟在如今这个世道,你根本不知道谁才值得信任,对不对?"

"显而易见。"艾米真想踹自己一脚。不过她转念又想,里夫是在七号舱发现她的,就算她早知道他被外星人操纵了,最后还是会被他捉到杰克逊这里来。"好吧,你要对我做什么?把我捆在你的治疗机器上吗?"

"那当然。"杰克逊直白地说,"不过这个治疗,对时间的要求非常精确。我们只能在某些特定时刻,将某个同胞的思维植入人类大脑。从母星传过来的信号精确到秒。"他微笑着说,"不过你放心,我们正在解决这个问题。很快,就会有持续供给的思维和人格数据,任我们随意摆弄了。"

"下一波信号还有好几个小时。"里夫说,"我建议采纳庞德小姐自己的计划,把她关在囚室里等候处理。"

"九号不在了,我们正好有个空囚室。"杰克逊同意道,"非常好,我本打算开始着手,把思维下载到七号舱的那些白板里,不过一个很简单的操作,就能把程序改成思维的抹除和置换。"

"好主意。"艾米挖苦道。

"只怕不是,因为过程会疼痛不堪。"

"你听起来一点儿都不担心。"

杰克逊听了她的话,似乎有些惊讶,"我为什么要担心?反正痛的不是我。"

"哦,绝对是你。"艾米说,"可能不是现在,但很快……相信我,你会感觉到的。"

杰克逊的灰眼珠一转,面无表情地凝视着艾米。

"把她带走。"他说。

整个基地好像都空荡荡的。艾米猜测,当外星人提前了计划,里夫就把所有士兵派回寝室里待命,或是给他们安排各种任务,确保没有人能接近七号舱和囚室。

通往中央区的路上,前方门里走出来一个身穿制服的人。这可能是她仅有的逃脱机会了。要不要呼救?里夫真的会对她开枪吗?哪怕有目击者在场?她很快确定里夫肯定会开枪——反正他最后总能想办法糊弄过去,比如把破坏系统的事栽赃给她,诸如此类。他甚至有可能把目击者也杀了。

又或者,前方出现的士兵早已被控制。那人转过身来,艾米发现是卡莱尔少校。于是,她的最后一丝希望,也褪色成了灰暗的绝望。

"出什么事了?"卡莱尔质询道。

"我要把她关进囚室里。"里夫说。

"为什么?"

"因为我都知道了。"艾米说,"我知道你们的计划,知道你们的真正身份,知道这里正在发生什么。"

卡莱尔目不转睛地盯着艾米,表情没有一丝破绽。

"她看见七号舱的东西了。"里夫说。

"那她看到的比我还多。"卡莱尔回击道。

"但你被处理过了,所以你知道里面是什么。"

卡莱尔眨眨眼睛,"当然。"她拔出手枪,"好了,上尉,后面的交给我吧。"

"谢谢你,少校,"里夫说,"但我想亲眼看到她被关进囚室。"

卡莱尔瞥了艾米一眼,"可以理解。好,走吧,"她用手枪顶着艾米的肋骨,"动起来。"

艾米有大约两秒的空档能抓住那把枪,她能做到——她知道自己能做到。卡莱尔正死死盯着她的脸,仿佛想激她铤而走险。可是她动弹不得,突如其来的恐惧束缚了她的身体。如果枪走火了怎么办?如果卡莱尔少校是故意让她夺枪的怎么办?

时机稍纵即逝。艾米甚至觉得,那个瞬间流逝得有些不情不愿。只见卡莱尔把枪收了回去,示意她继续向前走。

他们离中心区越来越近,艾米知道她再也没机会了。回头已无路,中央区唯一的逃生路线,就是通往七号舱的通道,可那里却无路可逃。

除非……

她的记忆激起了一丝涟漪,是跟七号舱的那条路有关的——快想,快想。

门滑开的同时,她想起来了。他们走进了大厅,这里装有巨大的玻璃窗,可以看见戴安娜基地的监禁区。如果她能想办法到达狭长房间的另一头,走到通往七号舱走廊的大门那儿……

卡莱尔少校用力推搡了她一下,仿佛察觉到艾米在暗自盘算。不过,她如果是想吓唬艾米,那么她的举动其实适得其反——这让艾米抓住了最后的机会。

艾米吓了一跳,踉跄着穿过大厅,里夫上尉在她身后大笑起来。她好不容易稳住身体,回头瞪了一眼身后的两个士兵。卡莱尔站到里夫前方,向艾米靠近——她正好挡住了上尉的枪口。她自己手上也拿着枪,只是当她凝视艾米时,那只手却垂在身侧。少校微笑了一下,仿佛对自己的行为很满意。

但在艾米眼中,那个微笑却是一个信号:机不可失,时不再来。

要么做,要么死。

她又踉跄着后退了两步,随后转过身——甩开两条长腿,全力奔向房间尽头。

"拦住她!"里夫喊了一声。

"你别担心。"卡莱尔回答道,"她能跑到哪儿去?又能做什么？"

艾米很清楚自己能做什么，只要她能跑到那里。很快她就听到卡莱尔恍然大悟的叫声，但没有回头。

"如果她触发了疏散警报，就能打开所有房门！她会把囚犯都给放出来！"

艾米此前还不确定，打碎那个方形玻璃板会发生什么。她仅仅指望那样能分散一点敌人的注意力——说不定能招来几个还没被外星人控制的士兵帮忙。不过现在看来，释放囚犯确实是个好主意。

她抬起手肘砸向玻璃板，把它打得粉碎。

周围随即响起了警报。红色应急灯亮起，随着警报的节奏不断闪烁。厅内两端的门都打开了——靠墙那一排连接囚室的门，也应声开启。

里夫上尉惊恐地盯着那些敞开的门，手上的枪举了起来。卡莱尔少校的目光穿过房间，落在艾米身上。她脸上闪过一抹若有若无的微笑，仿佛她已经知道，艾米的行动都是徒劳。

紧接着，囚徒们走了出来，可他们根本不是艾米想象中的那种人。

艾米也不确定自己想象的究竟是什么人——或许是个子高大、凶神恶煞，顶着断掉的鼻梁，说不定还有满身刺青的那种。反正绝不是连体服松松垮垮，看起来瘦削憔悴的人。有几个人看上去还只是孩子,里面还有女人,她们都带着担惊受怕的表情,眼眶深陷。所有人好像都被疲劳和绝望折磨得半死不活。

如果她真的带来了片刻骚动,创造了摆脱里夫和卡莱尔、逃离这里的机会,那么就是现在了。可艾米并没有抓住这个机会。她只感觉到惊骇和怜悯。这些情绪消磨了她的力量,让她靠在墙上,止不住地颤抖。

"哦,你们这些可怜人,"她呢喃道,"他们都对你们做了些什么啊?"

# 16

位于休斯敦的约翰逊航天中心,其地面指挥部是一座三层办公楼。下面两层都是一模一样的控制室,第三层则属于美国国防部,里面包含一整套指挥控制装置,与其他控制室里的那些看起来别无二致。只不过三楼没有安装任何摄像头,不许媒体访问,阻绝了一切军方资助太空项目信息的泄露渠道。

其余任何机构(包括NASA[1])都无法进入这一层楼,遑论把它"借来"完成一次秘密火箭发射。詹宁斯特工花了整整十一分钟,才获得参谋长联席会议的批准。

坎蒂丝·赫克亲自挑选了操作人员。飞行指挥员是丹尼尔·巴德尔,他拥有多次航天飞机发射经验。詹宁斯、赫克和沃林斯基站在控制室后方观察,而巴德尔则逐一问候了他手下的资深技术员。

"我需要你们每人给我一个是否发射火箭的最后决议。"

---

1. 美国国家航空航天局的英文简称。

"我这儿有个宇航员的读数相当有问题。"医务官叫了一声。

扬声器里传出博士清晰响亮的声音:"别管那个,其余一切正常吗?"[1]

巴德尔对医务官点点头。

"我猜没问题。那就可以行动了,准备发射。"

这真让人难以置信,坎蒂丝想。就在二十四小时前,还没有人相信,这架巨大的土星五号运载火箭,会有机会离开地面。而现在,它已经满载燃料,做好了一切准备,正静候在数百英里外广袤沙漠的腹地那不为人知的深坑里,等待发射。机组成员已经进入巨型火箭顶端的狭小指挥舱。正是博士带领着一队技术人员废寝忘食、热火朝天地拼命工作,最终完成了这项不可能的任务。

"行动,起飞!"最后一名技术员确认道。

"那我们就把这宝贝发射出去吧。"巴德尔说,"倒计时40、39、38……"

詹宁斯凑到坎蒂丝耳边,悄声问道:"你真觉得这能成?"

"博士是这么想的。"

"看来你很尊重那家伙啊。"

---

[1] 博士知道是他的读数有问题,因为时间领主有两颗心脏,各种身体机能也与人类不一样。

坎蒂丝点点头,"昨天我亲眼看见了他的工作。别说什么早餐前六件不可能的事了[1],他能搞定六十件,还仍然有时间把吐司烤上。"

"他还知道如何让人们发挥最大潜能。"沃林斯基插了进来,"他能启发大家,他的热情也会感染人。"上将重新看向控制室前方的主屏幕。除了大量信息和图表,那上面还映出了巨型火箭的实时影像,火箭下方正冒着一缕缕烟气。

倒计时的数字,覆盖在火箭影像上:19、18、17……

"制导开始!"一名技术员宣布。

15、14、13、12、11、10……

"主推进器点火!"

火光和烟雾从火箭底部喷射出来,发射台上的庞然大物开始轻轻颤抖。

"所有第一级推进器,推力正常!"

从发射塔延伸到火箭旁的金属支架全部退开,电缆悬垂下来。

"脐带塔脱离!"

土星五号缓慢而费力地浮了起来。一开始,好像只是它自己喷出的那些烟雾和火焰,把它在发射台上垫高了几英寸。

"火箭升空!"

---

1. 出自《爱丽丝梦游仙境》中的台词。

随后它渐渐加快了速度。温度极低的液化燃料使空气里的水分凝结成了冰层，后者在此时化为片片碎屑，瀑布般从火箭表面滑落，一头栽进发动机喷吐的烈焰中。火箭持续抬升。

"阿波罗23号离开发射塔！"发动机推动火箭飞出支架后，一个技术员大声宣告。

不到一分钟，宇宙飞船就达到音速；又过了一分半钟，所有燃料耗尽，第一级推进器分离，第二级推进器点火，带着阿波罗23号继续上升。

控制室里传出一阵欢呼，坎蒂丝·赫克忍不住露出灿烂的微笑。她很高兴见到沃林斯基和詹宁斯也露出满脸笑容。

"干得好。"沃林斯基对她说。

"这只是最简单的一环。"詹宁斯调侃道，"现在就看博士的了。"

坎蒂丝看了一眼手表，"有了加工过的M3改性燃料和博士做的那些调整，他们应该能在十八个小时后抵达环月轨道。一旦进入轨道，他们就会着手准备登陆。"

"只要途中不出任何问题。"詹宁斯说。

"你真是个悲观主义者。"沃林斯基对他说。

"我是现实主义者。"詹宁斯反驳道，"如果博士说得没错，月球基地确实有一帮外星侵略者正在集结，你愿意拿多少钱来，赌他们其实知道他就要上去了？"

"可他们能做什么？"坎蒂丝问。

"我猜很快就会知道了。"詹宁斯平静地说。

扬声器传出一个声音。那个声音来自阿波罗23号内资格最老的宇航员。他用一个词为这趟旅途的启程致辞："杰罗尼莫！[1]"

距离环月轨道只剩几小时路程，土星五号第三级推进器分离，露出了登月舱所在的太空船分离舱。服务舱和与之相连的主舱——即指挥舱——掉转方向，与登月舱进行对接，后者才是真正会落在月球表面上的部分。

从得克萨斯沙漠升空的巨型火箭，行至此处，只剩下一个带有单一火箭推进器的粗短圆柱体。后面连接着主要由厚金属片构成的脆弱登月舱，其底部装有四只折叠起来的着陆支撑脚。整个登月舱看起来就像一只闪闪发光的金属蜘蛛，随时准备扑向猎物。

"你觉得他们知道你要来吗？"帕特·阿什顿问了一句。

三名宇航员正在做进入环月轨道前的最后检查。博士坐在正中，帕特·阿什顿和马蒂·加勒特分坐两旁。阿什顿是指挥舱领

---

[1]. 杰罗尼莫（印第安人中的一个传奇人物）象征着美国印第安人不屈的精神，相传二战中美军组织伞兵跳伞前夜，曾经看了一场关于杰罗尼莫的故事片，为鼓舞士气，他们跳伞时每人都大喊一声"杰罗尼莫"，后来变成了美军空降部队的传统。在《神秘博士》宇宙中，第十任博士重生时把塔迪斯内部给炸了，后来塔迪斯在幼年艾米（艾米莉亚）家门口坠毁，第十一任博士跳回去修引擎时第一次喊出"杰罗尼莫"，此后，这个词就成了他的口头禅。

航员,他将停留在环月轨道上,而博士和加勒特则会进入登月舱登陆月面。

"哦,他们早就知道了。"博士头也不回地盯着控制面板说,"他们看见我们过来了。"

"戴安娜基地虽然在月球暗面,"加勒特说,"但也有卫星给他们传送无线电信号。他们一路上都在追踪我们的行程。"他笑了笑,"他们很有可能在想,我们是谁,要干什么。"

"那他们就是在严阵以待了。"阿什顿说,"你准备好了吗?"

"我什么都能对付。"博士对他说,"问题是,他们准备好面对我了吗?"

"那么你有对付外星入侵者的经验啰?"加勒特的语气突然严肃起来。他微微转过头等待博士的回答,眼珠似乎有点褪色。

"有那么一点儿。好吧,其实挺多。"博士调整了一个刻度盘,又拍了拍一个测量仪。"挺有意思的。"他瞥了一眼加勒特,"别担心,我们不会有事。我猜他们不会惹太多麻烦。"

阿什顿探出身子,察看了一下博士刚动过的刻度盘,他的动作把安全带绷得紧紧的。"那好像是一道无线电波,"他咕哝道,"不过扬声器没作声。不是休斯敦那边在说话。"

"不是那边。"博士说,"信号来自反方向。"他抬起戴着手套的手指了指另一个读数,"瞧见没?这是某种信号,不过它是干吗用的?"

"那是给我的。"加勒特用毫无起伏的声音回答道。下一刻，他厚重的靴子狠狠踹向了操纵台的正中央。

粉碎的刻度板和测量器炸出一片片火花，满舱的红色指示灯一齐闪烁起来。警铃响个不停。加勒特收回脚，准备再次出击。此时，整架飞船倾斜过来，把他甩向一边。他颜色褪尽的灰眼睛恶狠狠地盯着博士，而博士已经解开安全带，从座位上浮了起来。

"你在搞什么鬼？"阿什顿在刺耳的警报声和爆炸声中嚷嚷道，"疯了吗？！"

"更像是被附身了！"博士嚷了回去，"把飞船控制好。"

阿什顿挣扎着松开安全带，从座位上浮起来，抓过一只小型灭火器。

加勒特也离开座位，一脚蹬向旁边的舱壁，朝博士飘了过去。狭小的舱室无处可躲。

"你们那边怎么了？"巴德尔的声音从扬声器里传来，显得细小而模糊，"下面警报都快炸了。你们没事吧？"

"现在没空！"阿什顿吼了回去，"我们遇到点儿问题。"

加勒特抓起一个大扳手朝博士挥了过去，博士一个后滚翻躲过了攻击。那个动作让加勒特自己也转起了圈，在失重状态下缓缓翻转，偏离了方向。

"我会把他弄走！"博士对阿什顿大喊道，"他找的是我。"

"你没地方把他弄走啊!"阿什顿回了一句,但他的声音被一个新的警报声盖了过去。阿什顿一拳锤向解除警报的按钮。"我们的燃料在泄漏,情况不太妙。"他一边操作一边回过头,想看看能否帮上博士的忙,同时疑惑着加勒特到底中了什么邪。

然而他身后的太空舱已经空了。

指挥舱和登月舱之间的通道只有几米长。博士从主舱纵身穿过舱门,还回头看了一眼加勒特是否跟了上来。如果运气好,阿什顿应该能解决加勒特那一脚造成的问题……如果修不好,那博士能否摆脱加勒特就不重要了——反正他们都活不成。

如果博士有时间思考,就会戴上自己的太空头盔。没有头盔,他穿着太空服也没用。阿波罗航天飞机太脆弱了——它的设计初衷是越轻越好,而不是挡住一个被附身的太空人的攻击。艾米说他们叫什么来着?白板。

那个名字起得很有道理。那无线电信号的传送机制,就是某种形式的下载——命令定向传送到了加勒特的思维中。那人跟随博士飘过通道时,眼珠子是灰白灰白的,看起来就像他的人性也随着虹膜颜色一起褪去了。

"他们什么时候找上你的?"博士问。

加勒特没有回答。看来一边闲聊一边思考策略的招数,这回用不上了。

"我猜你接收到的指令里,没有回答问题这一项吧?"博士轻推了一把登月舱控制台,飘到狭窄舱室的另一头。加勒特不得不改变追击方向,这使得他在无重力环境下手舞足蹈了好一会儿,才调整过来。

"那是个开关吗?真正意义上的切换机制?"博士大声猜测道,"你的思维仍是主导,但随时准备接受切换,接收一套新的指令?我猜那套指令的内容,是确保我无法回到月球。"

加勒特在登月舱的另一头摆好架势,随时准备扑向博士。

"或许你要先估量,我是否具有威胁性,所以才会问我对抗外星入侵者的经验。"

加勒特用力一蹬,穿过登月舱扑了上来,迅疾的动作里,全然没有博士那同处失重状态的轻盈优雅。他伸手抓向博士。

但博士已经把自己推离原地,躲过了那一击。"或许那就是你出现在地球上的原因。有人发现你被控制了,就把你丢过去买汉堡包……"他想起艾米在无线电通信时说的话,"啊哈!我猜那人是丽兹·迪德布鲁克。最初破坏系统的人。她发现月球基地出了非同小可的问题,就故意引起人们注意。然后,我猜杰克逊发现断开量子链并不是个坏主意,因为那样一来,他就能心无旁骛地搞他的阴谋了。"

加勒特又一轮突如其来的攻击,依旧慢了一拍。他一头撞上舱壁,整个飞船都震动起来。博士看到不远处登月舱的金属外壳被撞变了形，反射出一抹微光。

"我猜，不，我希望，你对航天飞机更熟悉一些，"博士说，"如果你还记得任何以前的经验。"他想方设法地向返回指挥舱的通道挪了挪。他必须迅速离开这里，然后关上舱门。

加勒特面无表情的脸上，拧出一个貌似微笑的表情。

"你在想，就算我关上舱门，你也可以从里面打开。"博士说，"没错，因为舱门无法上锁。不过要想再次打开舱门，你可得先保证自己还在登月舱里。"

博士边说边挪，用力推了一下结实的储物柜。加勒特马上纵身扑向博士，他的双脚同时重重地蹬向身后的舱壁。

"你知道吗？他们必须想办法控制重量。这里的舱壁又轻又脆，跟锡箔纸差不多。"博士说。

但他的话被一阵突如其来的轰鸣盖了过去。原来，加勒特的双脚竟踏穿了登月舱的金属薄膜舱壁。而正是那层不堪一击的金属外皮，将宇航员和冰冷的真空隔绝开来。

爆炸性减压紧随其后。空气的流失，使太空船猛地歪向一边。加勒特的脸上突然充满了震惊、痛苦，以及恐惧。有那么一瞬，他的眸子恢复了淡蓝色泽，一动不动地凝视着博士。随后他便消失了——坠入了黑暗无垠的茫茫宇宙中。

博士将自己死死地抵在通道墙上。他刚稍微撬动了一下舱门，气压便迅速将它轰然关闭。博士转动绞轮把舱门锁紧。

"把登月舱的供气阀关了吧。"博士喘着气说,"否则,气压会把它撕碎。"

阿什顿努力控制翻来滚去、又震又抖的太空舱,好不容易把它稳住,随后才从座位上转过头来。

"加勒特去哪儿了?"

博士透过一块厚实的三角窗看向舱外,悲伤地注视着那打着旋儿没入漆黑远方的渺小身影。

"他去外面了。"博士说,"可能得去很久很久。"

## 17

登月舱下降级的主发动机，激起了一片细碎的灰色月尘。宽大的着陆板落到月面上，月尘缓缓落下，一切重归寂静。

舱口打开了，一个身穿红色太空服的身影从金属梯上爬下来。他站在铺满灰尘的月面上试探性地跳了两下，隔着球形头盔做了个舔手指的动作，随后举起那根手指，检测月面上并不存在的风。

"我猜是这边。"博士说着，尽管他知道没人能听见他的话。

他撅起下唇朝上吹了口气，想把垂到眼睛里的头发吹开。或许他也该学学加勒特、里夫和其他宇航员，在太空头盔里多套一个兜帽。又或者，他可以倒立着走路。他在低重力环境下又跳了跳，还是算了吧。

博士转身离开，又回头看了一眼登月舱。舱体一侧有条深色裂缝。博士已经尽全力修补了那个大洞，主要是为了让它看起来更整洁。修好登月舱后，他和阿什顿穿着全套太空服，把指挥舱的空气排了过去，随后博士才进入登月舱准备着陆。他抬起头，心想或许能看到阿什顿从头上飞过。不过,他还要过段时间才能沿着轨道抵达。阿什顿一回到月球亮面,就会向休斯敦和木槿汇报。现在,博士得靠自己了。

走到一个缓坡顶端,博士看见了底下的戴安娜基地,跟他预计的位置相差无几。他并不打算躲藏,因为他们知道他来了。于是他大步走下斜坡,向基地靠近,同时心不在焉地想把双手插进太空服那并不存在的口袋里。

不管他们是否在等他自投罗网,从主气闸进去都显得太过招摇了。肯定还有别的入口。博士缓缓绕着基地转圈,随时准备看到穿着白色太空服的身影扑向自己。可他一个人都没见到,直到他发现了艾米。

他首先注意到她的头发——在一片灰和白中,那抹显得格外亮眼的色彩。她正从一扇舷窗向外张望。博士挥了挥手,她马上做了同样的动作,随后指向一个方向——她希望他走的方向。博士抬起戴着厚重手套的手,笨拙地竖起了大拇指,然后便按照她的指示走了过去。果然,只走了一小段路,他就发现一扇小小的气闸门。博士按了一下控制面板,气闸缓缓开启。他能听到空气流过的声音,但没有摘掉头盔。小心驶得万年船,他很可能马上又得逃出去。

然而当内门打开时,他看见里面只有艾米一人。艾米拥抱了他,费劲地想用双臂环住臃肿的太空服。博士摘掉头盔,总算拨开了挡住眼睛的头发。

"我早就想这么干了。"他对她说,"那么庞德小姐,你这段时间都在干什么?好玩儿吗?"

"我们得离开这里。"艾米说,"他们可能看见你了,或者检测到气闸开启什么的。我们不能相信任何人,再也不能了。杰克逊加快了疗程。你知道他的疗程吗?"

"哇哦,慢点儿。"博士脱掉太空服,正了一下领结,捋平外套上的皱褶,"是的,我知道杰克逊的疗程。以及我很好,谢谢问候,我也很高兴见到你。我在底下认识了一些人,帮他们修了火箭,打败了一个外星刺客,然后就回来啦。"

"干得不错。"她好像一点都没被打动,"我们走吧,他们已经追了我好久了。"

艾米带头穿过基地,不一会儿就走进了餐厅。她往里看了一眼,随后退开,让博士也能看见里面的情况。餐厅里一团糟——餐具碎得满地都是,随处可见碗盘破裂在地的放射状碎块残渣。

"我还以为他们会清理清理。"艾米说。

"出什么事了?"

"暴动。我把囚犯放了出来,然后趁他们闹事的空档,逃过了坏人的追踪。"

博士蹲在地上检查一个碟子的碎片。

"他们到处乱扔东西,"艾米解释道,"不过士兵们最后还是把他们包围了。杯子盘子对上长枪短炮——高下立见。"

博士站起身,用上衣领子抹了抹双手的灰尘。"那你呢?跑到远处藏起来了?"

"当然,我都藏了好几天了,不然我还能干什么?"

博士点点头,凝视着她的眼睛,露出伤感的微笑,"是啊,你还能干什么?"他附和道。

"你有什么计划?既然你回来了,打算怎么对付那些塔里瑞人?"

"塔里瑞人?"

"他们是这么叫自己的。我偷听到了。"

"有意思。"博士双手的指尖彼此敲打着,"嗯,很有道理。至于计划——对,没错,首先我们得找到一台发报机。我困在地球上时跟你通话用的无线电,那个就行。"

"然后呢?"

博士掏出音速起子说:"然后我会调整频率,增强信号,发出干扰波,不让塔里瑞人继续入侵。要对付已经在这里的那几个,非常简单。他们届时会被困在这里,我们只要炸掉整个基地,就能彻底解决问题了。"

他停下来等待艾米的反应,但她一句话都没说。

"他们咎由自取,都会死得很惨,"他补充道,"可以吗?"

"可以啊,听起来还不错。"艾米转身走了起来。

"我就担心你会这么说。"博士咕哝着,跟在她后面穿过走道。

他很快认出了他们所在的区域,心满意足的同时,甚至有些惊喜,因为他们离通信室很近。

"我猜主电脑系统应该就在附近。"博士说,"把这两样东西放在一块儿很正常。"

"应该只有处理器,"艾米说,"而不是数据存储设备。那些都是氢氧化合物分子,电子自旋相当于二进制中的1和0,廉价而高效。至少他们是这么说的。"

"但那既不稳定,也相当粗拙。"博士说,"我猜直到目前为止,供水都没有问题,所以这个做法也合情合理,甚至还算这个时代的尖端科技呢。不过我居然都不知道,你还是个行家。"

艾米突然停下动作,"是里夫上尉对我说的。"

"知道了,知道了。"博士满不在乎地应了一声,仿佛那些并不重要。随后他又用同样的语气说:"你并不打算把我领到通信室,对吧?"

"不。"艾米不假思索地说,再次停了下来,"啊,不……"她皱起眉,"我有个更好的主意。"

"我猜也是。能看出来,你脸上都写着呢。我能从你的眼睛里看出来。"博士又掏出了音速起子,"你的脸面无表情,你的眼睛原本顾盼神飞,如今却冰冷灰暗。你心地那么善良,在听到我要杀光外星人,且毫不打算试着拯救被洗脑者的说法时,却连眼都不眨。还有就是餐厅里的餐具。"

"什么?"艾米一动不动,在博士将起子的光照进她的眼里时,仍面无表情。

"那些餐具没有对准任何人。从它们落地的痕迹就能看出来,盘子是被故意砸到地上的。你那些塔里瑞主子很爱表演,是不是?"

她的声音毫无起伏,"我不懂你在说什么。"

"如果真是这样,那不过是因为你没有被写入相应信息。但你跟本地数据存储是同步的,所以这点就很重要了。毕竟,一个能把自己下载到别人脑子里的种族,必定会有保留备份的谨慎心态。"博士靠近了些,调整着音速起子的设置,"现在回答我,艾米,你在哪里?还在里面吗?他们肯定用了某种阿尔法波阻聚剂,来抑制主人格……"

博士听到身后传来鼓掌的声音。只见艾米闭上眼睛,垂下了头,仿佛突然睡着了。博士缓缓转过身。

杰克逊教授和里夫上尉站在他身后。里夫手上还端着把枪。卡莱尔少校也快步走了过来,跟刚才的艾米一样面无表情。

"真可惜。"博士收起音速起子,"我还以为自己有更多时间呢。"

"有更多时间去实施那个干扰信号的可笑计划?"杰克逊冷

笑道。

"哦,那可不是我的计划。"博士对他说,"我注意到艾米被影响了,就信口胡诌了一个。"他露出灿烂的笑容,"其实我有别的可笑计划对付你们。"

"好吧,不管你有什么计划,一切都结束了。"里夫恶狠狠地说。

"艾米呢?她的一切也结束了吗?"

"我们到达时,她的进程就结束了。"杰克逊说,"白板能够执行一套简单指令,当指令结束后,它就会变回……白板。"

博士往前走了一步,里夫马上举了举枪以示警告。"如果你伤害了她……"

杰克逊大笑起来,"别虚张声势了,博士。你知道吗?最让人头疼的,是在进程中写入足够信息,让她能够应付任何你可能提出的问题——关于我们,戴安娜基地,诸如此类,不胜枚举。可到头来,终究还是没能打动你。早知道就不费这个功夫了。"

"如果你们不费这个功夫,我就不知道自己的对手是塔里瑞人了。"

"这对你或许毫无意义。"里夫说。

博士耸耸肩,"艾米到底在哪儿?你们对她的思维、她的本性、她的人格做了什么?"

"我们把她抹除了。"杰克逊淡然道,"没有了,永远消失了。很快,你的思维也会随她而去。下一次传输将在一小时内准备就绪。你会被做成白板,再覆盖上新的人格——成为我们的人。"

博士点点头,"那真是太让我惊讶了。不过我还有一个小时,足够让你告诉我,你们到底是谁,想干什么,为何决定入侵地球。整整一个小时的喝茶聊天时间——不知你意下如何?"

"换我说,这是给你一个小时的时间思考自己的命运,反省你的多管闲事如何祸害了朋友。给你一个小时待在囚室里,好让我把治疗室准备好。"杰克逊微笑着,但他冰冷灰暗的眼睛里依旧没有任何情绪,"这次,博士,你真的无路可逃了。"

## *18*

枪口戳在博士的肋骨上，硌得生疼。

"你会被关起来听天由命，而我会尽情享受这事儿带来的快感，"里夫上尉说，"就像我享受把你的朋友关起来那样。"

"我敢肯定。"博士说。

杰克逊已经大步穿过了走廊。"我需要有人帮忙！"他大声说。

"你去吧。"卡莱尔少校对里夫说完，掏出了自己的枪。她脸上拧出一抹恶毒的笑意，"我来处理这两个家伙。是时候轮到我高兴高兴了。"

里夫瞪了她好一会儿，随后点点头，"那就待会儿见了，博士。我一定会兴致勃勃地观看整个疗程。"

"拜拜。"博士说，"等会儿见。"

看到博士那一脸的满不在乎，里夫的脸上闪过一抹兴味，然后他转过身，跟随杰克逊离开了。

卡莱尔转向博士和艾米，枪口不偏不倚地对着博士。

"某些生命体哪怕聪明绝顶,却还是会看漏最明显的东西。"博士说,"不过请注意,人类也一样。"

"你什么意思?"卡莱尔追问道。

博士凑过去,心照不宣似地敲了敲鼻子。"我的意思是——"他说,"你的眼睛颜色不对,是巧克力色的。如果你真是塔里瑞人,那应该跟杰克逊、里夫,还有艾米一样,都是灰眼睛。"

卡莱尔少校脸上的微笑愈发真诚了。她往身后瞥了一眼,确认杰克逊和里夫已经走远。"或许他们是色盲。不过我要替他们说句话——我确实接受过疗程了。"

"哪里出问题了?"

卡莱尔耸耸肩,"我猜是因为关键时刻的电源故障。老实说,我当时有点昏昏沉沉的,我好像能听见其中一个声音,仿佛它被困在我脑袋里了。所以我有点头绪,知道怎么假装成他们的一员,但我希望你能查漏补缺。"

"我就是来干这个的。"博士拉起艾米毫无生气的手,寻找微弱的脉搏,"名副其实地去查白板们思维的漏,用他们自己的人格补缺。"

"我想帮她,"博士检查艾米的双眼时,卡莱尔在一旁说,"我给了她夺枪的机会,但我猜她应该是太害怕了。所以我又帮她释放了囚犯。"

"这里真的发生过暴动吗?"博士问道,"艾米说正因如此,她才有机会逃跑。只不过她事实上并未逃脱。"

卡莱尔摇摇头,"囚徒们根本无力制造任何麻烦,顶多只能让人分下神。她本来能跑,可是……嗯,我猜她是受到了惊吓。她好像想要帮助囚徒。"

"那听起来很像艾米。"

"里夫把她抓住了。她被抹成所谓的白板,然后就成了现在这个样子。你能为她做点什么吗?为他们?我跟杰克逊不算太熟,不过以前的吉姆·里夫是个好人。"

"但愿他现在还是,"博士说,"同时希望我们能找到储存他的地方。"

"储存他?什么意思?"

"我的意思是,他们保留了他的人格备份,至少我希望他们这么做了。"

他们对话时,博士一直在检查艾米——把脉,观察瞳孔,寻找一切自我意志或知觉的痕迹。然而,他一无所获。

"你准备怎么办?"卡莱尔问。

"艾米也问了这个。"博士转身凝视着少校的眼睛,"你在唱空城计?不,我觉得不是。"他突然抓住她的手,包括她手上那把枪。但他并没有夺枪的举动,反倒是用力挥了挥,连手带枪,"欢迎加入。我们的计划是想方设法进入主电脑设备区。你知道它在哪儿吗?"

卡莱尔点点头,还没从博士突如其来的握手中回过神来。"我们该拿你这个朋友怎么办?"

"她可以跟我们一起来。"博士挥了挥音速起子,"只要稍微给点儿视觉刺激,她就能对简单的语言指示做出回应。呃,至少我希望如此。"

"稍微给点什么?"

"我会用光照亮她的双眼。"

通往主电脑设备区的入口在基地另一端。不过,有卡莱尔少校跟博士和艾米走在一起,他们或许能不受质疑地顺利走到那里。就算有人起疑,卡莱尔还有把枪呢——她可以假装正在押送囚犯,还可以用它自卫。

"基地里只剩几个人还没被控制,"卡莱尔解释道,"许多人甚至不知道自己被做成了白板。他们都被写入指令,在得到其他命令前照常活动。那就意味着我们不知道能相信谁。但我猜那也印证了你的说法——他们确实以某种方式,把原始人格备份在了某个地方。"

"我猜也是。"博士赞同道,"他们需要临时重新载入原始人格,同时有一道指令,在必要时直接将其抹除或覆盖。"

他在两条通道连接处停了下来。艾米在他身后,默不作声、面无表情地继续走动,直至一头撞到他的背上。

"对,好吧,当我说跟我走的时候,其实也包括'我停下来你也跟着停下来',懂了吗?"

艾米没有回答,但果真停了下来,等候博士和卡莱尔重新出发。

"她真死板。"卡莱尔说。

"平时不这样。"博士叹了口气,"某些人这可是在自讨苦吃。"他平静地说,"好了——起步走!"

他们在路上遇到了几名士兵,他们都对卡莱尔少校点头致意,并没有因她跟博士和艾米待在一起而起疑。卡莱尔一直没把枪露出来,但放在了随时都能拿到的位置。

随着他们的深入,周围的景象变得越来越荒凉。地板上铺着灰尘,光照也暗了一些。

"这里很少有人来,"卡莱尔解释道,"只会在定期维护时来一下。跟量子位移的设备一样,电脑设备区位于地下,直接嵌入了环形山底部的基岩里。这是有原因的。"

"哦?什么原因?"博士问道。

她还没来得及回答,就看见一个穿着白袍的男性从侧面通道拐出来,出现在他们面前。他惊讶地看着博士和艾米,随后怀疑地看向卡莱尔。

"你在这里干什么?杰克逊教授把整个区域都划为禁区了,

只有他的私人助手能进来。"

"我知道,格里格曼。"卡莱尔厉声道,一边慢慢把手伸向手枪。

但格里格曼的动作更快。他从口袋里拽出一把枪,对准了博士,"我得把这件事汇报上去,你最好有个出现在这里的完美理由。我知道博士本该被关进囚室,等候疗程开始,因为杰克逊教授派我来这里连接一个备份单元,准备传送。"

"啊,那你们确实有备份啦。"博士说,"真是个好消息。这意味着我们方向没错。"

"到此为止了,"格里格曼把枪口转向卡莱尔,"把你的枪放好,少校。"他警告道。

卡莱尔举起双手,表明她毫无掏枪的意图。就在她做出这个动作时,一个人从她身边挤了出去。她本以为那是博士,可她猜错了,是艾米!

她面无表情地缓缓走向格里格曼,而他皱起眉头紧盯着她。"你可以停下了。"他说,"你的进程已经结束,恢复白板状态。停下。"

可她还是径直走着,经过了格里格曼身旁,沿走廊一路前行。那位科研人员困惑地转过身,拿枪对着她。

"我叫你停下!停下,否则我就……"

他的话变成了一声吃痛的惊呼,原来是卡莱尔用枪托狠狠砸了他的后脑勺。格里格曼瘫软倒地，卡莱尔居高临下地拿枪对着这个晕过去的人。

"别管他。"博士边说，边大步走了过去。

"可是……"

"如果你开枪，我们就永远无法将真正的格里格曼送回他的身体了。"博士的话一针见血，"别犹豫了，我们走。"

他在格里格曼刚才出现的转角拐了个弯，"艾米，这边。"

"她已经停下来了。"卡莱尔边说边跟了上来，"她刚才就已经停下来了，就像你吩咐的那样。可她后来又走了起来，还让格里格曼分了神。那是有意的吗？你觉得这会是她特意做的吗？"

他们都停下脚步，等待艾米跟上来。艾米像个梦游症患者般拖着脚步，双眼直愣愣的——没有聚焦。

"有可能。"博士说，"如果他们没有彻底移除原始人格，那么艾米的一部分确实可能还在她的脑子里。深藏于某处，等待着抓住什么东西，不顾一切地想要重获主导。那是一点本能，黑暗中的火花，暗夜里的一小点艾米之光。"

他们走到一扇安全门前。卡莱尔输入她的密码，门开了。

"至少他们还没重置密码。"

博士掏出音速起子对准键盘，"他们没有，但我改了。恢复出厂设置，他们永远猜不到。现在密码成了1234。"

门后是一条直坠黑暗的金属楼梯，底下传来流水持续的滴答声。这种感觉就像深入一个洞穴系统——下方不远处，基地的金属墙，就变成了凝着水珠的深色岩石。

"利用真空密封，就免去了将整块地方包在气密嵌板里的麻烦。"博士说。

他抬脚走了下去，脚步声在台阶间回荡。卡莱尔紧跟其后，艾米走在最后面。大门发出一声不祥的咣当声，把他们关在了一片黑暗中。

"就像正在走进地狱深处。"博士说。

"哦，你肯定知道那里长什么样，对吧？"卡莱尔回嘴道。她跟在博士身后，声音有点紧张僵硬。

博士停下脚步回过头去，面色阴沉而肃穆，"我真的需要回答这个问题吗？"

一阵战栗窜过卡莱尔全身。博士的语气让她感觉到，自己一点儿都不想知道他曾经到过什么样的地方，而地狱很可能就位列其中。她在艾米亦步亦趋的跟随下，一言不发地跟着博士深入戴安娜基地的地底。

# 19

来自深渊的一缕微光,成了他们唯一的光源。随着博士、卡莱尔和艾米的持续深入,那缕微光渐渐明亮起来。他们仿佛走了一辈子,进入了整个月球中心。四周岩壁上沁满了泛着微光的水珠。

"他们肯定是用量子位移把水抽过来的。"博士说。

"不,水本来就在这里。"卡莱尔告诉他。

"真的?"

"一个巨大的地下湖。你或许听说过NASA在月球上发现了少量的水。本来不应该有人知道这事,可消息还是传开了。"

"你是说,消息泄漏了?"博士笑着说。卡莱尔好像并不欣赏他的玩笑。博士清了清嗓子,继续道:"所以这地方实际上有很多水。那真是个惊喜,不是吗?"他似乎疑惑了一小会儿,随后露出恍然大悟的表情,"对,肯定是了。我就是问问。"

"戴安娜基地就建在水源正上方,要是不对这个自然资源物尽其用,那可就太蠢了。"

博士伸出一根手指，摸了摸潮湿的岩壁，随后放进嘴里舔了一口，"可以饮用，可以用于清洁卫生，还能充当计算机存储器，将数据储存在$H_2O$分子中。谁还需要别的东西呢？"

来到阶梯底部，他们发现自己走进了一个巨大的地底洞穴。一排又一排电脑设备，向前延伸到远方；数不清的直管荧光灯，在设备间的走道上，投下一片又一片明晃晃的光；洞穴边缘隐约可见巨大的金属管道，将水库里的水源源不断地输送过来。每一排设备之间连接着透明导管，将水以及存储在水分子里的信息传输到系统每个角落。卡莱尔还能看见管道中随着水流移动的细小气泡，那表示一组数据的结束和另一组数据的开始。

博士高兴又赞叹地拍了一下手，随后便快步走向一个控制台。

"大部分都是数据存储，"他解释道，"名副其实的数据流。好家伙！"

屏幕亮起，博士咔嗒咔嗒地敲着键盘。他调出水库和水系统示意图，上面显示出净水装置的位置，以及这些水是如何被分别装进饮用水、生活用水和数据存储用水的罐子里的。

"水在这里电解，然后按需进入计算机系统。"博士边说，边指着图纸上水流进入洞穴的部位，"光传输其实更快，但他们追求的并非速度，而是效率和耐久性，再加上水还能充当冷却媒介。真是太棒了。用硬盘和闪存组成的传统计算机系统，应付日常任务，再将所有东西集中备份到过氧化氢中，进行长期存储。"

"那对我们有什么用？"卡莱尔问道。

"我们带来了艾米的身体，"博士转过身，对一动不动站在他们身旁、面无表情、一言不发的朋友点点头，"现在我们需要找到她的脑子。她可不是只有一张漂亮的脸蛋，你懂的。"

"看得出来。"卡莱尔对他说。

"这是什么？"博士指着另一个储存罐说，"它连接在水库系统上，但又有一个流量控制阀把它隔开。"

"看上去像是灭火系统用的惰性气体。在最坏的情况下，如果惰性气体用完了，火还没有灭，阀门就会打开，把水引流过去。这种做法很不理想，毕竟我们严重依赖电器设备。"

"但它有可能成为唯一的选择，最后的手段。"博士点点头，"有道理。设计这里的人用上了各种各样的应急方案。"

"所以你才能回到这里？"卡莱尔问。

"我猜是的。那是个特别大的应急方案。庞然大物。好了……"博士把注意力重新转向屏幕，开始打开不同的索引和数据列表文件，"我们先找到艾米吧……"

有这么一瞬间，他以为自己是拉尔斯·格里格曼。随后，塔里瑞人的意识，又回到了格里格曼空白的思维中，让他把一切都记起来了。

格里格曼坐起来,感觉到后脑传来阵阵疼痛。那不是他被传送到这具身体时,感受过的治疗之痛。这种感觉强烈到竟有种莫名的快慰,但还是有可能留下损伤。他将手伸向后脑勺,摸了摸被卡莱尔用枪托砸出来的肿包。

卡莱尔。不知为何,她在帮助博士。那女孩儿,艾米,是个白板——对他们毫无用处。如果她能接受指令改编,说不定还会成为对付他们的武器……

格里格曼挣扎着站起来,看了看四周。他不知道自己晕过去多长时间了,但惊喜地在不远处找到了自己的枪。他知道博士跟卡莱尔会去哪里——他能独自解决那两个人。这会给杰克逊留下好印象。

只不过,当他来到电脑设备区的门口输入密码时,却发现大门纹丝不动。门没有解锁。但他认为这也算个好消息。因为这就意味着,他们绝对在下面。现在,无论博士和卡莱尔少校做什么,都无法阻止塔里瑞人的计划了。很快,入侵主力军就会到达,而他们唯一忌惮的人,却困在基地底下的洞穴里。

格里格曼快步离开,准备把这个好消息告诉杰克逊和其他同伴。

博士很快就找到了他要找的东西。"有句话我不得不说,他们确实很有效率。"

他侧身让卡莱尔看电脑屏幕,那上面是一串戴安娜基地的人员姓名。几乎所有人的名字后面,都跟着一串目录编号,而名单底部则显示着:

**艾米·庞德 – E–19–K3**

她后面还有几个名字,被归入了"待定"项目。那个待定名单最底部,赫然写着"博士"二字。

"这是什么意思?"卡莱尔少校问。

"意思是我们找到她了。你也在名单上,瞧。"他指着卡莱尔的名字说。

"那并不意味着我是个坏人。"

"其他人都是。不管怎样,至少是潜在的坏蛋。除非我们能把这件事解决掉。"

博士沿着其中一条通道缓缓行走,卡莱尔和艾米紧随其后。卡莱尔饶有兴致地看着他,艾米则依旧面无表情。

存储器看起来很像金属文件柜,每条通道都标上了一个字母,通道中的每个柜子都有编号。单个抽屉上也都标注了黑色字母,装着一个朴素的钢制把手。

"这是E通道,所以我猜我们应该找十九号存储器。"卡莱尔说。

"抽屉K。"博士用手指顺着十九号存储器向下滑动,一直摸到抽屉K。他敲了敲上面的字母,"说真心话,你觉得谁住在这里?"

博士拉开那个浅浅的抽屉,里面铺着一层深色泡沫垫。十个小药瓶安放在泡沫垫中带编号的小格子里,药瓶里面都装着无色液体。每个瓶塞上都连着一条电线,接到抽屉背后的分线盒上。

博士异常小心地抽出了三号药瓶。电线由小夹子固定在瓶塞顶部。药瓶里还有另一根电线伸入液体中。博士移除了瓶塞上的电线,将药瓶举到灯光下端详。他轻轻摇晃一下,看着气泡浮到水面。

"是那个吗?"卡莱尔指着艾米轻声问,"那是……她吗?"

博士目不转睛地看着那一小瓶无色液体。"瓶中艾米。"他喃喃道,"池塘水。[1]"他笑了起来,"嗯,我喜欢这个。池塘水。"接着,他脸上的笑容消失了,"现在唯一的问题是,既然找到你了,就得把这两个你都弄到治疗室去,看能不能把真正的你下载到你的大脑中。"

他们身后的半空中传来某种物体狠狠撞击金属的声音。

"大门?"卡莱尔说。

"大门。"博士附议道,"我们被发现了。"

"一定是格里格曼醒过来了。现在要到治疗室去,可能比你

---

1. 艾米的姓"庞德"(Pond),在英语中有"池塘"的意思。

想象的要难上许多。"

"没关系,我们可以走后门。"博士弹了一下舌头,"呃,这儿有后门吗?"

"没有。"

"不是后门也行,随便什么门?紧急出口?消防梯?猫洞?"

卡莱尔摇了摇头,"这儿只有一条路,博士。我们被困在下面了。"上面的撞击声越来越响亮,也越来越迫切。"而且那扇门抵挡不了他们多久。"

## 20

上方传来一声巨响,无疑是门被砸开了。博士原地转身,用掌根反复拍着脑门。

"快想,快想,快想。"他对自己说,"啊!"他停下不停踱步的双脚,"他们不知道我们在下面。"

"不,他们知道。"卡莱尔说,"格里格曼知道我们会往这边来。"

"而且门还上了锁,密码也改过了。可他们并非真的知道,这又不能确定。他们只是觉得自己知道。"

卡莱尔缓缓点了一下头,"有道理。不过他们很快就会沿着楼梯下来,然后就能确定了。"

博士探身向前说:"不,他们不会,因为我有个计划。"

"一个可以快速执行的计划?"

他们此刻已经能听见金属楼梯上的脚步声了。

"快如闪电。"

"那么……我们要做什么?"

"我们要保护好艾米。"博士把装有艾米人格和记忆的小药瓶塞进上衣胸前的口袋里,轻轻拍了一下。

"就这样?"卡莱尔问。

"不不不,这个计划的精妙之处在于……"

"什么?"

"……我们要躲起来。"

卡莱尔瞪着他,"就这样?这就是你的伟大计划?我们躲起来?"

博士耸耸肩,把头发撩到一边。"除非你有更好的主意,但不包括拿枪射别人。"他补充道,"我要每个人都毫发无损,这样才能把他们的脑子放回原处。"

卡莱尔转头看了一眼楼梯。"我们躲起来。"她说。

博士和卡莱尔少校安静而快速地穿过走道。这个洞穴异常开阔,杰克逊和他的人得花上一段时间才能搜完。

"你要跟紧我。"博士对艾米耳语道,"也别太近了。"因为艾米突然走过来跟他肩贴着肩,他又补充了一句,"有一种近叫近,有一种近叫亲密无间。你保持前一种就好,触手可及,但是不挡视线。"

博士躲到一排存储器的尽头,卡莱尔紧随其后,艾米也模仿着他的举动。他们探出头来,看见洞穴另一头出现了几个模糊的身影。周围持续不断的滴水声,盖过了他们的话音,但卡莱尔确信其中有一个人是杰克逊，而且里夫也来了。他们总共有五六个人。

"他带帮手来了。"她压低声音对博士说。

"真遗憾，不过没关系。"博士把食指和拇指伸进胸前口袋，小心翼翼地捻起装着水的药瓶递给艾米，"你拿着它，"他对艾米说，"如果我们之中有谁能把你带到治疗室去，那这东西最好由你带在身上。否则，我们不知道得花多大工夫，才能把你的身体和思维凑到一个地方。"

"你确定她能保管好吗？"卡莱尔问。

"你能吗？"博士问艾米。

"能。"她面不改色地说。

"很好。还有从现在起，说话要小小声，好吗？"

"他们听见了吗？"卡莱尔问道，"有人朝这边来了。"

"不好说。"博士坦言道，"我们走起来，时刻保持在他们前头，找机会摸到楼梯口去。"

他们快步跑向下一条通道，弓起身子躲进阴影里，博士又对艾米说："那个药瓶很重要。确切地说，药瓶里的水很重要。我要你一直带在身上，放哪儿都行，只要你能保证它安全，而且不会与你分开。我们等会儿要把水里的信息跟你的身体结合在一起，懂了吗？"

"懂了。"艾米低声回答。她举起药瓶凝视了一会儿，表情依旧空白。

"很好。你要记住了。"博士转头看向外面,确认杰克逊的人还没走到附近,"能记多少就记多少——我知道,这里头的信息量得好好消化。"

卡莱尔也在观察情况,"我觉得我们能跑到下一个区域。"

博士点点头,"离楼梯更近。来吧!"

他们一口气跑向下一个藏身之处,紧靠洞穴泛着水光的潮湿岩壁。有人正在旁边连通的走道上说话,他们越逼越近了。

"目前一切情况良好。"博士压低声音说。

"前路漫漫。"卡莱尔提醒道。

博士突然在她身边倒抽了一口气,只见他惊讶地张着嘴,双眼圆瞪。

"怎么了?"卡莱尔急切地问。

"水滴到我后脖子上了。"

"哦,我真是谢谢你了。"

此时,旁边传来什么东西滚落在地的声音,两人同时飞快地转过头去,只见一个玻璃药瓶慢悠悠地滚到了博士脚下。他迅速捡起。

"我告诉你要保管好它。"他低声对艾米斥道。

"博士——瓶塞掉了。"卡莱尔说,"瓶子是空的。"

博士举起药瓶,她说得对。"哪儿去了?水哪儿去了?!"

他几近惶恐地环视四周,可地上到处都是冷凝水聚成的小水洼,"任何一个水洼都有可能是艾米。"

"嘘!"卡莱尔警告道,"现在担心那个太迟了。"

"可我们要怎么把她找回来?!"

"等会儿再担心这个,好吗?"卡莱尔对他说,"现在我们得想办法离开这里。"

"外面没人了。"艾米低声说。

"谢谢。"博士说,"快走吧,下一个区域,对吧?"

"对。"卡莱尔赞同道。

他们尽量安静而迅速地转移到下一块阴影中,距离楼梯只剩下大约十五米了。然而,一名士兵正伫立在楼梯口。

"你觉得他知道你倒戈了吗?"博士问,"或者确切地说,你一开始就没有倒戈。"

"有可能。"卡莱尔说,"不过还是值得一试。我可以转移他的注意力,你和艾米趁机溜过去。"

"我觉得那行不通。"艾米说。

博士与卡莱尔一同转头看向她。

"这是又闪现了一抹自我意识?"博士琢磨着,"还是说他们给她编写的指令,再次占据了主导?"

"这个想法不错。"艾米说。她突然伸手拔出卡莱尔的枪,对准了博士和卡莱尔。

里夫上尉从艾米身后的阴影里走出来。他得意地笑着,头也不回地冲身后嚷道:"在这里,找到他们了!"

"我必须欺骗博士。"艾米缓慢地说,"我必须带他到治疗室去。"

"对,这事儿我们刚才做过了。"博士对她说。"她好像被恢复到之前的进程了。"他瞪了里夫一眼,"你们的疗程可能没有嘴上说的那样好。"

"环境改变重新触发了她的上一个指令,仅此而已。"

杰克逊从后面快步走来,还带着另外两名士兵。"你的短途观光替你省下了一段牢狱之苦,博士。除此以外,没有任何意义。我们已经准备好你的疗程了,"他对艾米点点头,"我还会让庞德小姐给你带路。"

艾米闻声把枪往前戳了戳,"快走。上楼梯。"

杰克逊的笑声回荡在洞穴中。"我们马上到治疗室去,博士。一旦到了那里,你就会变成一块白板,准备接收塔里瑞人的意志。"

## 21

博士和卡莱尔举起双手,走向灯光昏暗的金属阶梯。看守楼梯口的士兵退到一旁,给他们放行。艾米紧跟在两人身后,杰克逊和其他人则缓缓穿过洞穴走来。

"博士,卡莱尔少校。"他们走上楼梯后,艾米叫了一声。

两人同时回头,看她想说什么。艾米依旧稳稳地端着手枪。

"你想知道药瓶里的水去哪儿了。"艾米平静地说,"其实我照你吩咐的做了。我把重要的水带在身上,保障了它的安全。我把它喝下去了。"

博士僵住了,"你把它怎么了?"

"那根本不是最要紧的问题。"卡莱尔在一旁压低声音说。

"可她喝掉了。我总不能把手指捅进她的嗓子眼里……"博士突然停下来,端详了一会儿手指,"不,不行。"

"什么不行,博士?"杰克逊来到楼梯底部,站在艾米身后质问道,"我们洗耳恭听。"

因为艾米站在前面,杰克逊无法看到她面无表情的脸已经舒展开来，勾起嘴角露出微笑，然后还挤了挤眼睛。

"不管你们做什么，"她对博士和卡莱尔说，"都别想……跑！"

喊完那一声"跑"，她迅速转身朝最近的照明开了一枪。荧光灯管应声炸裂，无数火花飞溅开来。

里夫怒不可遏地大吼一声，杰克逊则猛冲过来。

艾米倒退着跟随博士和卡莱尔走上楼梯，把枪口对准底下的士兵。"你们跑起来没？"她对后面喊了一声，"我怎么还没听见你们跑起来？"说完她便转过身，冲上楼梯。

博士和卡莱尔跑在前面，艾米紧随其后，但跟得还不够紧。一只手死死钳住她的脚踝，扯得她失去了平衡，狠狠摔倒在金属楼梯上。

博士转过身，冲向把艾米往下拖的里夫。

但卡莱尔一把抓住了他的胳膊，"要是连我们都被抓住，就更没办法救她出来了。只要我们能逃脱，她就还有希望——快走！"

他们三步并作两步冲上楼梯，身后紧跟着士兵的皮靴声。楼上的门被砸开了，博士一把将其拉上，用尽全力卡住。

"他们把艾米抓走了。"他说着，脸上却露出疯子一样的笑容，"她没事——她把脑子找回来了。"

"看起来是这么回事，因为她把水喝了吗？"

"一定是。"博士说着挠起了头,把头发抓得七弯八翘,"他们一定是用了全息存储模型,完整数据组可以反映在每一小滴水中。就像当你打破一个全息影像时,得到的碎片不会像拼图一样,仅仅反映完整图像的一部分——而是全部。所有碎片都各自反映为一幅较小的完整影像。当数据进入她的血液时,已经稀释到什么程度了?可她的大脑依旧从中提取信息,重建思维,填补了空白。"他肃然起敬地摇了摇头,"你们人类真是太神奇了。"

大门开始发出响动,有人想从里面将其撬开。

"博士,"卡莱尔夸张地故作耐心道,"我替艾米感到非常高兴,也很佩服你如此了解全息影像。不过她被抓住了——他们只会再次把她抹成白板,而且这回有可能不做备份。另外,我们被困在月球暗面的基地里,而这个基地正好被入侵的外星人占领了。或许我们该趁他们撬开大门前离开这里?"

大门传来一阵扭曲的刮擦声,门板被撬开了一条缝,随后再次卡了回去。

"我也这样想。"博士同意道,"但我们不走远。一旦他们离开,我就得回到下面去。"

"我们不是刚从底下逃出来吗?"

博士大步穿过走道,"是的,但当时我还没想到主意。"

卡莱尔快步跟了上去,"现在你想到了?"

博士脚底一转，抓住卡莱尔的双肩，目不转睛地看着她，"哦伙计，我还真有个主意。"他说。

他们躲在主通道旁的储存间里等待着。卡莱尔向博士保证，杰克逊和他手下的人从电脑设备区的洞穴里出来后，必须经过这里才能走到治疗室。

博士盘腿坐在地上，拉开了一条门缝向外窥视。卡莱尔站在他旁边，同样趴在门缝上观察着。

他们没等多久，就看见杰克逊怒气冲冲地走了过去，里夫紧随其后，然后是几个士兵押着艾米走了过去。她看起来有点闷闷不乐，但表情充满叛逆。

"待会儿见，庞德。"博士喃喃道。

"我刚才还在担心，你会不会做出什么有勇无谋的营救举动。"他们离开后，卡莱尔说。

博士轻轻打开门，"我确实打算这么做，但不会是他们想的那种。"

"那我们要做什么？"

博士左右观察了一会儿，然后才走出房间，"我猜你知道防火系统的控制装置在什么地方。"

卡莱尔点点头，"在主控室。你找那个干什么？"

"因为我需要你到那里去。"

"你想让我阻挠防火系统工作?"

"不不不,那是我最不希望的。"博士做了个深呼吸,顺着牙缝吸入空气,"我希望你务必保证没有人能超控系统,把它关掉。"

"那你要去哪里?放火吗?"

"我要放的只是隐喻性的火。"

卡莱尔皱起眉,"难道你从来都不把事情解释清楚吗?"

"好吧,你想要解释?我来简单解释给你听。假设你拿起一杯水,懂吗?然后把它扔到海里,懂吗?"

"你说玻璃杯?"

"我说杯里的水。虽然这对我的解释并没有什么影响,但除了水,往海里扔任何东西,都是不好的。现在我们假设你能搅拌海水,于是你刚才倒进去那杯水,就跟海里的水混在一起了——几百几亿万升水。"

"海里混着我刚倒进去的那杯水,所以呢?"

"所以重点来了。你拿起刚才没有一块儿扔进去的那个空杯子,又从海里舀出一杯水。从哪个位置并不重要。现在你说,你得到了什么?"

卡莱尔眨眨眼睛,然后耸耸肩,"我猜,是一杯咸水吧。"

"没错。可是在那杯水里,有这么微小的一部分——或许是几个分子,来自你刚才泼出去的那杯水。绝对如此。"

卡莱尔少校想了想，"你确定吗？"

"我当然确定啦。"

"那，你干过那种事吗？"

博士眯起眼睛，"是的。"

"骗人。"

"好吧，我确实没真的干过那种事。不过那杯水里包含了这么多水分子，无论你在哪里舀起第二杯水，总会舀一些回来的。"

"然后这跟你的主意有关系吗？"

"有。"

卡莱尔点点头，"好吧，我希望你清楚自己在做什么，因为我还是一点头绪都没有。"

"我知道自己在做什么。"博士自信地告诉她，"只是还不确定，这个办法能不能奏效。"

反抗毫无意义。艾米已经试过一次，但无济于事。她需要拖慢他们的脚步，给博士争取更多时间解救她。她知道他会想办法的。她壮着胆子放慢脚步，故意花了很久，才坐上治疗室的椅子。她绷紧全身肌肉，希望能在他们绑好束带后，留出一些空隙。

菲莉普丝护士看着她。从她的微笑判断，她明显很享受艾米的窘态。

"会有点疼。"她说,"我保证你会记住那些疼痛的。"

"我肯定能记住。"艾米对她说,"别忘了,你也经历过这些。"

"不是我。这具身体经历过,但不是我。"

"够了。"杰克逊呵斥道,"开始准备。完全传输马上就要开始,在此之前我需要她变成白板,准备接收下一个塔里瑞同胞。"

杰克逊接过护士的工作,先捆紧了艾米的脚踝。艾米只是笑了笑。

"他会阻止你的,"她平静地说着,为自己声音里的信心感到惊讶,"他总是能做到。"

杰克逊没有回答,但他片刻的踌躇,让艾米看出他确实在担忧。此刻,墙上的电话突然响起来,把他吓得一缩。

"可能就是他,"艾米说,"别让他等太久。"

"闭嘴!"杰克逊怒吼一声。他穿过房间接起电话,"怎么了?"

艾米看到杰克逊皱起了眉。

"他干什么了?可那根本没有意义,他在下面干什么?"杰克逊听了一会儿,然后回答,"我不知道,但你最好下去阻止他。我们不需要他的身体,因为很快就有大量供给了。有点可惜的地方在于,博士的身体是个很完美的容器。不过他制造的麻烦,已经超过了他身体的价值,所以你可以直接杀了他。"杰克逊用力挂掉电话。

艾米心中顿时充满了兴奋和不安。博士知道他的行踪被发现了吗?照他的性格来说,那完全有可能是他计划的一部分。尽管如此,同样照博士的性格来说,他可能根本没想到这点……

"开始了。"她平静地说,"我说过,你没有机会了。"

杰克逊用力勒紧她手腕上的束带。

主控室里人太多了。卡莱尔从那份电脑表格看出,几乎所有士兵都被控制了。更糟糕的是,里夫上尉也在那里。她本来很希望他跟随杰克逊去了治疗室,然而他却在这里,用监控摄像头寻找博士的踪影。

没过多久,其中一名士兵就发现,博士正走向电脑设备区。里夫给杰克逊打了电话,然后他们便匆匆离开,仅留下一名士兵看守主控室。

卡莱尔没时间替博士担心,她有她的任务。这是自从她在治疗室的椅子上醒来后,头一次感到自己有了主导权。

她走进主控室,士兵转过身来。卡莱尔少校对他露出微笑,他点了点头,重新转向自己的工作。

过了一会儿,他好像终于意识到是谁进来了,"等等……"

士兵再次从椅子上转过身来,同时把手伸向腰间的佩枪。但卡莱尔少校抢先一步,用枪托击中了他的头侧,将他砸晕在控制台上。

"都快成习惯动作了。"她嘀咕着把不省人事的士兵搬到一旁,开始进入灭火系统。

"别靠近控制器,博士。"里夫的叫声响彻整个洞穴,"马上离开!否则我会把你就地击毙。"

博士最后按了几下键盘,满意地点点头,随后站到一旁。里夫带着几个士兵跑了过来。

"你干了什么?"里夫质问道。

"没什么,就是改了几条路线排程。"

一名士兵开始迅速敲打键盘,盯着屏幕上出现的近期操作日志。

"怎么样?"里夫问道。

"他改了流量,打开了几道阀门,连接了电脑存储器。"士兵摇摇头,"这根本说不通。他好像把消防系统的惰性气体都排空了,又往原来的气罐里装满了……"士兵看了一眼屏幕上的小窗口,"装满了水库里的水,还有数据存储器里的水。"

"他用的什么数据?"里夫举枪对准博士的脸,"希望你认为这一切都是值得的。"

"我确实认为这一切太值得了。"博士说。

士兵抬头看向里夫,"他用了备份——存储着人类思维印记的水。"

博士显然对自己的行为无比得意,"没错。我要十分高兴地说,你们都在那里面。在灭火系统的罐子里搅成一锅粥,每一个分子都在打转,每一滴水里都包含着你们的信息碎片。"

里夫大笑起来,"我不知道你以为自己在干什么,但我要说,你把他们都毁了。你那么迫切地想解救那些人,到头来他们都被你害死了。"

"你真这么想吗?"博士喃喃道。

里夫往旁边瞥了一眼,想跟其他士兵分享这个笑话。仅仅是一瞥,但对博士来说已经足够了。他猛地抽出音速起子,指向离他最近的火警报警器——就在对面墙上。

报警器的玻璃板子被震得粉碎,警报顿时响彻四周。那名士兵盯着的显示器上,出现一行信息:

**火警:惰性气体喷头激活。**

"要过一会儿,那些水才会通过管道到达喷头!"博士几乎要大吼着,才能盖过刺耳的警报声,"卡莱尔少校应该已经开启并锁定了所有内门和舱壁,也篡改了系统设置,让基地所有喷头同时激活,而不只是这个区域。我还打开了主蓄水罐的恒定流量,保证水量充足。"

"你疯了。"里夫说,"如果杰克逊能清空你的思维,反倒是为你做了件好事,但他不需要这么做了。"

里夫后退一步,双手托枪直指博士。洞穴另一端,顶置喷头突然洒出一片水花。紧接着,一个又一个喷头开始喷水,宽阔的洞穴里仿佛下起雨来。

"我本该猜到,你根本没有计划。"里夫说着,绷紧了扣在扳机上的手指。

"我有个绝妙的计划。唯一的缺陷在于……"博士说到一半,他和里夫头顶上也喷出水来,"我们会被浇成落汤鸡。"

"唯一的缺陷——"里夫反驳道,"在于你会没命。"他扣动扳机,岩壁间回荡起枪声的轰鸣。

## 22

冰冷的水洒在她脸上,如同泪水般沿着面庞滑落。卡莱尔少校吃惊地盯着屏幕,那上面排列着几个监控摄像机的画面。

"他到底是怎么做到的?"她大声说着,随后笑了起来,"这太棒了。怪是怪了点,但绝妙非凡。"她必须回到电脑设备区,要求他解释这一切。不,她转念一想,首先她要去治疗室,确认艾米是否平安。

卡莱尔从主控室跑出来。她身后的监控画面里,整个基地的士兵和科研人员——全都一动不动地呆站着。所有人都垂着头,仿佛只是睡着了。

"见到你真是太高兴了。"艾米说,卡莱尔少校正忙着解开捆住她的束带,"博士是怎么做到的?不,算了——先告诉我,他到底干了什么?"

最后一根束带被解开,卡莱尔退后一步,让艾米离开手术椅。她们附近站着一名士兵,姿态慵懒,仿佛陷入了沉睡。他低垂着头，双眼闭了起来。头顶喷出的水，顺着他的脸和头发滑落。

"别问我。"卡莱尔说，"所有人都变成这样了。观察室里的菲莉普丝护士，还有门口的卫兵都一样。"

"所有人，除了杰克逊。"艾米对她说，"那个卫兵一睡着，他就逃走了。这些人就好像……"她用力揉搓手腕，想要恢复血液循环，"就好像那个破坏完系统立马恢复白板的士兵一样。"

"那就是博士的目的吗？把他们全都恢复成白板？"

"我们可以去问他，而且他也得知道杰克逊并未受影响。快走吧。"

"希望我们能尽快关上这些喷头。"

她们一路上遇到了好几个士兵，全都垂着头仿佛在沉睡。等艾米和卡莱尔走到洞穴，两人已经浑身湿透了。

"我觉得自己再也晾不干了。"艾米抱怨道。

"我猜这些只是水而已。"卡莱尔边说边走下台阶，瀑布似的流水从她们脚下的金属网眼滑落下去。

"哦，真是谢谢你了。"艾米说，"天知道我一路上喝了多少这些东西。"

"但这些水对我们没有影响。"

"除了把我们浇湿。不过……"艾米走到楼梯底部时，话刚说了一半,就一眼看到了博士。尽管局势尚未稳定,她还是忍不住大笑起来,"这已经不算糟了。"

原来他正从背后支撑着里夫上尉瘫软的身体,头顶正上方便是一个喷头。水花落在两人身上,又像瀑布一般流了下来。博士的头发被水粘在了一边脸上,还盖住了一只眼睛。他瞪了一眼艾米。

"这没那么好笑。"他说。

"你在干什么?"艾米在一片水声中大声说。

"我一放手他就要倒了。"

"你就不该动他。"卡莱尔说,"其他人都自己站得挺好的。"

几名士兵就站在旁边,低着头垂着肩膀。还有一名士兵,趴在电脑显示器和键盘前。

"我只是在做实验。"博士说,"快来,帮我把他放下。对,就这儿,正对喷头。我要给他一份超大剂量,看能不能让复原速度加快。"

卡莱尔小心翼翼地抽出里夫手上的枪。

"现在这么做有点儿晚了。"博士对她说,"他已经开过枪了。"

"什么?哪里?"艾米惊声道,"你受伤了吗?"

"不,他没打中。当时这些水正好生效了。我真走运,他身体往前一倾,子弹打在地上弹走了。"

"那就别吊我们胃口啦。"艾米说,"这些水到底怎么回事?他们怎么都变成白板了?"

"他们的思维正在拼命适应。"

三人面前的地板上,里夫发出一声闷哼,把自己蜷成了一团。

"看来起作用了。"博士继续道。

"你做了什么?"卡莱尔问,"水里有什么?"

"他们。或者说,他们的思维。你还记得我说过把一杯水倒进海里吗?我把备份思维的水全都混在一起,装进连接喷头的罐子里了。艾米喝掉她的备份时,她的大脑成功抓取了自己的思维印记,同理,里夫上尉也正在通过皮肤吸收他自己思维的微小碎片。"

"他的思维都存储在喷头喷洒的水里。"卡莱尔恍然大悟,"全息影像。"

"你说什么?"艾米说,"那啥,这里是不是只有我在说人话?"

"每个水分子里,都储存着整套思维印记。"博士解释道,"落到我们身上的每一滴水,都包含着被杰克逊抹除的每一个人的思维印记。这些稀释过的信息,首先净化了他们脑中的外星思维控制,因为人脑会挣扎着从水里重新吸收属于自己的印记,从而抗拒外星思维的掌控。"

里夫渐渐舒展身体,并尝试坐起来。他一脸茫然地看着四周。

"皮肤接触到的水越多,恢复速度就越快。"博士得意地说。

"呃,我问个显而易见的问题。"艾米说,"如果每一滴水里,都包含了所有人的思维,里夫的脑子怎么知道该吸收哪些信息?难道他不会把别人的思维也吸收了吗?那不会把他变成一个疯狂混乱的人吗?"

博士微笑着背起手来,"不,这才是最绝妙的地方。因为大脑有能力分辨出属于自己的思维印记,并且只吸收那一部分信息。这就好像超市停车场里有几百辆车,而你总能找到自己那一辆。"

"我经常找错车。"卡莱尔对他说。

艾米想要绕到博士身后,而他则转动身子,始终面对着她。"你把手放到背后,做着祈祷的手势,对不对?"她责问道。

博士的微笑有点僵住了,"可能吧。"

"你根本不知道,这能不能管用?"

"我的理论没问题,"他抗议道,"基本上。"

卡莱尔指着正摇摇晃晃要站起来的里夫上尉,"我想很快就能验证那个理论了。"

里夫四下张望着,一脸茫然。

"他不会有事的。"博士说,"真的——不会有事。"

"你们究竟是谁?"里夫质问道,"我在这里干什么?"

"他糊涂了。"艾米说,"可能你的理论不管用。"

"不,这只是因为真正的里夫上尉从没见过我们。"博士对她说,"我们来这里之前,他就被做成白板了。"

"少校?"里夫问,"出什么事了?"

"解释起来有点复杂。"卡莱尔对他说,"不过我很高兴你回来了,里夫上尉。"

"你记得的最后一件事是什么?"博士一边问,一边用音速起子照向里夫那张大惊失色的脸。

"我跟杰克逊教授还有菲莉普丝护士在治疗室里……他们要我看个东西……然后……"他摇摇头,"然后我就在这里了。出了什么事?"

"外星人入侵。"博士说,"你别担心,不过我们还是需要你的帮助。"

里夫看着他们三人:博士带着一脸疯狂的笑意;艾米露出如释重负忍俊不禁的笑容;平时冷若冰霜的卡莱尔站在喷头底下,跟所有人一样浑身湿透。"我还寻思我是不是疯了。"他说。

艾米开始发抖,身上没一处干的地方。"我们能把喷头关上了吗?"

"应该可以了。"博士说,"鉴于所有人都变成了白板。"他转身走向楼梯,在一个个越积越深的水洼中溅起高高的水花。

"除了杰克逊。"卡莱尔提醒道。

博士僵住了,"什么?"

"杰克逊好像没受影响。"艾米证实了卡莱尔的话,"他跑了。可能躲在什么地方,或者捧着一杯舒缓神经的热茶,正在盘算下一个阴谋。我的意思是,他一个人应该做不了什么,对吧?"

"杰克逊为什么没受影响?"博士盯着里夫质问道。

"别问我啊,"他抗议道,"你才是专家。我不过刚恢复意识,记得吗?"

博士又跑了起来,但这次他跑向了数据存储器通道。他从艾米身边经过时重重踩在一摊积水上,把她的腿溅得更湿了。

"哦,好样的。"

博士没有理她,而是疯狂地拉开大柜子上的抽屉。其余几人匆忙走过去帮忙。艾米正好看见他拉开一个抽屉后停下了动作,抽屉里装满了盛着无色液体的药瓶。

"这些药瓶全都连接着主系统。我把里面的水都导进连接喷头的储水罐了,然后主储藏罐的水又重新填满了药瓶……如果杰克逊的那瓶在这里,他肯定已经跟别人一块儿混进去了。"

博士瞥了一眼抽屉,便用力关上了。他又拉开下一层抽屉,所有人都看见里面少了一个药瓶。

"没事儿,那是你,艾米。"博士转头对她笑了起来,"我还说了个庞德与水的笑话,不过没什么值得复述的价值。"他再次关上抽屉,下一层是满的,下下层也是。

很快,博士就转移到旁边的储存柜。查过三层抽屉后,又有一个药瓶不见了。博士用手指敲了敲那个空位,"谁要跟我打赌,这才是真正的杰克逊教授?"

卡莱尔少校提出,主控室是寻找杰克逊的最佳起点,他们还能顺便在基地发大水前关掉喷头。如此确定之后,博士又派里夫上尉去察看囚室里的犯人。

"过去这几天,他们都被杰克逊做成了白板。我希望囚室里的消防系统没有被单独分开,那些水也能洒到里面去。"

"应该能。"里夫说,"不过我还是去看看吧。"

基地中只有部分特定区域装有监控摄像头。卡莱尔关掉喷头后,开始轮番检查每个摄像头的影像。大多数画面是被水淋到的士兵和科研人员低头呆立的场景,唯独杰克逊遍寻不见。

"他们要多久才能恢复过来?"艾米看着趴在主控台角落的士兵问道。

"应该不用太久。离喷头最近的人会最先恢复,比如里夫。不过我觉得他也喝下去不少。因为他当时正在威胁我,嘴巴是张开的。"

"我怎么记得他是在开枪打你。"卡莱尔说。

"也开枪了,他在同时处理多项任务。"

他们的对话被控制台发出的一阵信号音打断了。

"本地无线电信号。"卡莱尔说,"会是谁呢?"她操作控制台,旁边的扬声器发出了声音:

"……重复,这里是阿什顿中尉,我正在经过戴安娜基地上空。有人收到吗?戴安娜基地,请回答。"

博士拿起麦克风:"哦,嗨,这里是博士。很高兴知道你平安无事。下面的情况已经基本控制住了。你怎么样?"

"我很好。"阿什顿回答道,"我也很高兴听到情况基本控制住了。但有一件事……"

"你想知道啥时候能回家?"博士问道。

"除了这件事。我在上面能看到闪电一样的东西……我真不知道还能怎么形容它。"

"闪电?"艾米说,"那可能吗?在宇宙空间里?"

博士用力揉了揉湿透的头发,"不对,不是真的闪电。它看起来像什么?"

"一道光,"阿什顿说,"就好像有人打开了巨型探照灯。我能看见那道光穿透宇宙空间。很耀眼的白光,我甚至无法直视。"

"它朝哪里照?"卡莱尔问。

"问题就在这里。那道光正对着戴安娜基地,正对着你们。"

所有人都陷入了片刻的沉默。博士眉间的皱褶越来越深了。

最后,阿什顿打破了沉默:"嘿,我几分钟后就要转到月球另一面了,届时将会与你们失去联系了,但我想你们该知道这件事。剩下的就交给你们了,好吗?"

卡莱尔让他在下一个轨道周期重新联系基地,随后断开了通话。

"那是什么?"艾米问博士,"杰克逊干的好事吗?"

"那是它们的B计划。"博士严肃地说,"我早该猜到它们有备用计划。肯定是杰克逊给它们发了消息,让它们放弃传送思维,因为我们把这里所有人都复原了。"

"可那是好事呀,不对吗?"卡莱尔说。

"不好。"博士回答道,"如果我真猜中了那道光的本质,那就是大事不好了。"

"为什么?那到底是啥?"

"我想那是一道浓缩的信息流。这次他们传送的不只是思维和脑波了。"

主屏幕上仍然显示着某个监控摄像头的画面。那是几条通道的交汇处,两名士兵垂着头站在一扇门边。

交汇处中央的空气似乎泛起了波光。颤抖的空气中,出现一个模糊的影子。那个影子越来越暗,越来越真实,最后波光平息下来,原本空无一物的地方,多出了一道身影。

那个生物跟人类差不多高,但它的肢体光滑而肿胀。它没有脖子，脑袋直接扣在身体上，仿佛是从那一身金属盔甲的缺口里挤出来的；又圆又肿的大脑袋上长着一只椭圆形巨眼，脸上满是渗着黏液的脓包；粗短的指爪间，抓着一把灰色金属制成的狰狞大枪。

那东西的浅绿色皮肤不断渗出黏液，随它缓步走向镜头而滴落一地。它停了片刻，仿佛在透过摄像头窥视主控室。它眼睛底下突然张开一个洞——那竟是一张切口般的大嘴，里面长满参差不齐的牙齿。它举起黏糊糊的指爪，把枪对准摄像头。它手上的武器突然迸发出愤怒的红光，屏幕黑了下来。

"我还以为它们只想增加带宽，传送更多塔里瑞思维。原来那是一道物质传输光束。看来塔里瑞大军已经到达了。"博士平静地说，"这一次可都是亲自上阵。"

主控室的门突然被撞开，门口又是一个圆胖黏稠的生物。它咧开嘴，露出一个貌似微笑的表情，随后举起了枪。

## 23

那丑陋的生物一出现在门口,卡莱尔少校就奋力扑了过去。她用肩膀撞歪了怪物手上的枪,一股能量波穿过房间在墙上炸裂,溅起一大片火花。

卡莱尔一头撞上塔里瑞人的铠甲,上面的金属板深深陷进了它的皮肤,压得它的身体凹进一块。然而它的皮肤异常有弹性,就像气球表面,于是下一个瞬间,卡莱尔就被弹开,狠狠摔在了地上。

那东西怒吼一声,扑哧扑哧地向前走了几步,再次举起了枪。艾米一把抓住卡莱尔往回拽,而博士则饶有兴致地在一旁观看。

"我觉得你最好别杀我们。"他对塔里瑞人说,"杰克逊,不管他真名叫什么,肯定想抹掉我们的思维。"

那东西迟疑片刻,枪口依旧指着在艾米搀扶下站起来的卡莱尔。随即它又怒吼一声,开了枪。

与此同时,趴在控制台上不省人事的士兵,闷哼一声撑起了身子。那东西不由自主地转向出现动静的方向。它再次打偏——把一部分控制台炸成了碎片。士兵震惊地看着眼前这一幕。

艾米随手拿起离她最近的东西,朝怪物扔了过去——一只咖啡杯。冷掉的咖啡残液随杯身翻转,从空中滴落。然而跟卡莱尔一样,咖啡杯撞在怪物的铠甲上,被弹出老远。

士兵平素训练出的素质渐渐恢复,很快便盖过了最初的震惊。只见他从控制台边抄起一把椅子,朝塔里瑞人猛击过去。来自椅子滚轮底座的猛攻,迫使怪物后退了几步轰然撞到墙上,全身像果冻般震颤起来,把铠甲上的金属板挤得叮当作响。

士兵一鼓作气冲了过去。艾米捏着把汗,入迷地看着他的动作——椅子底座陷进怪物的肚子里,其中一只轮子卡在了两片松散的金属铠甲之间,用力向下戳挤着宛如橡胶的皮肤。那皮肤随时可能回弹,将士兵往反方向顶,仿佛他撞上了一张蹦床。

然而那个场景并没有发生。轮子两侧的锐利边缘陷进塔里瑞人身体,穿透了隐藏在铠甲下的橡胶皮肤,破开了一个小洞。但那已经足够了。

只听一阵唏里呼噜又撕心裂肺的哀号,塔里瑞人应声爆炸。灰绿色的黏稠物体从绽裂的皮肤里喷射出来,整个身体仿佛漏了气——圆滚滚的胳膊胡乱挥舞着,很快便失去形状瘫软下来。怪物手上的枪掉落在地,几秒钟后,原本站着外星人的地方,就只剩一摊黏软的液体和散落在地的金属片了。原本被铠甲包裹的身体皱成一团瘫在地上,像只瘪掉的气球。

"好吧,那算是解答了我其中一个疑问。"博士说着,走到外星人的残骸旁跪下,将一根手指插进那团黏液里。在这惊悚的一瞬间,艾米很担心他会舔上去。但他只是好奇地闻了闻,然后就在外套翻领上把手蹭干净了。

"什么疑问?"卡莱尔问道。她面色苍白,似乎受到了惊吓,但远不及旁边的士兵那般惶惑震惊,他手上还举着沾满黏液的椅子。

"为什么他们想要人类身体?因为他们自己的身体实在太不堪一击了。而你们人类,尽管弱点众多,却十分强健。不像这边这位斑点气球先生,由黏稠的液态基质构成。"

"它们有多少?"艾米问,"我们又该做什么?朝它们扔飞镖吗?"

"你们这儿有飞镖吗?"博士说。

"呃,没有。"

"那这个选项就不成立了,对不对?"

此时突然响起一阵叮咚声,所有人同时抬起头来。

"公共广播系统。"卡莱尔解释道,"不过我从没见人用过。"

扩音器里传出杰克逊清晰洪亮的声音:"安德罗帕呼叫全体塔里瑞战士。拉拉尔格司令官作出指示,生擒人类作为首批地球入侵突击队的精神饲料。务必使所有武器设定为击晕模式。请小心,部分白板正在苏醒并大搞破坏。"杰克逊顿了顿,又补充道,"所有正在收听的人类,不想中枪就立刻投降。就这样。"

声音停了下来。

"棒极了。"艾米评价道。

"现在我们知道他在哪儿了。"卡莱尔边说边察看控制台,"广播信号是从杰克逊的办公室里发出来的。"

博士两手一拍,"好极了。现在我们要做的事情就显而易见了。你,还有你……"他先指着卡莱尔,然后指向仍困惑不解的士兵,"找到里夫上尉,组织所有人集中到你们能展开防御的地方。餐厅就不错,因为那里有牛角面包和热乎乎的饮料,以及带点儿肉桂味儿的小圆面包。"

"那我跟你呢?"艾米问。

"我们也要走热饮路线——去跟杰克逊教授和拉拉尔格司令官喝杯茶。"

整个基地的士兵和工作人员都渐渐醒来,他们脑子里一片混乱,不知该如何是好。杰克逊的宣告并没有帮助他们适应眼前的情况。里夫上尉在中央区的囚室附近找到几名士兵,他们一起打开囚室,让囚徒们走了出来。

第一个骨瘦如柴的囚徒刚踏出囚室,里夫就看出,自从杰克逊控制监区后,他们就没有得到任何合理的照管。上尉想到自己被控制后这些囚徒竟被如此对待,不禁感到震惊——他们明显没得到足够的水和食物,并且极有可能连日常的运动时间也被剥夺了。

"把他们带到餐厅去。"他下令道,"他们首先需要好好吃顿饭。"他转向离自己最近、正拖着脚向他走来的囚徒,"你叫什么名字?"

"我不会告诉你任何事情。"对方尖声说着,声音微弱嘶哑,"你没有权利把我关在这里。"

里夫点点头。他已经得到了想要的答案——这个人的思维仍是他自己的。"好吧,不管你是谁,告诉其他人,我们要带你们去餐厅吃东西。很抱歉让你遭受了这样的折磨,不过我们出了点状况。除此以外,我不能向你透露任何信息。"

男人瞪大眼睛盯着他,"你说的情况包括那个吗?"他指着里夫身后说。

里夫转过身,看见一个浑圆黏腻的塔里瑞人,正扑哧扑哧地朝他们走来。里夫本能地想掏枪,可他的枪套是空的——那把枪还躺在电脑设备区的地上。

"站住!"他大喊一声,"站住,否则我的人要开火了!"

那不过是虚张声势。因为基地里的士兵日常并不佩枪,这会儿没有一个人手上拿着武器。塔里瑞人得意地举起自己的枪。枪口亮起,发出一道能量光线——把一名士兵打得横飞过房间,撞在玻璃窗上。士兵失去意识,昏倒在地。

外星人继续逼近,所有人迅速躲到遮蔽物后面。紧接着,那个塔里瑞人突然炸开,成了一团黏糊糊的灰绿色液体。

冒着热气的残骸后方,是手持外星武器的卡莱尔少校。

"你确定是这条路吗?"艾米边走边问。他们又拐进了另一条通道,这些通道看起来都差不多。她还发现所有门都敞开着——这是博士的消防系统计划中的一环,让喷头里的水流遍整个基地。

"要看你觉得我们准备去哪儿。"

"杰克逊的办公室?"

博士不置可否地哼了一声。

"你迷路了,对不对?"

他又哼了一声。两人前方一扇打开的门里,突然走出一个又圆又肿的塔里瑞人。它并没有发现艾米和博士,而是顺着通道步态臃肿地走了下去。

"瞧,那就是我们需要的。"博士高兴地说,"跟我来。"他开始快步追赶外星人。

"什么?"艾米用口型说,"你在干什么?"她追到博士身后,龇牙咧嘴地说。

"问路。"博士又加快了脚步,"我知道,人类通常不问路,时间领主可不像你们那样自负。至少你眼前这个不是。喂,你!"他叫了一声,"对,就你,一只眼的斑点脸。"

塔里瑞人停下脚步,缓缓转了过来,同时举起手中的枪。它发出唏里呼噜的声音,可能吃了一惊,也可能是在笑。

"真高兴能找到你。"博士说,"杰克逊要见我们,你们管他叫安德罗帕。你能给我们指个路吗?"

塔里瑞人朝他们推了推枪。

"或者带个路。"艾米迅速接过话头,"那样就太好了。哦,你也要来吗?"

"有茶喝哟。"博士保证道,"说不定还有饼干。我身上可能有块儿果酱饼,平时都带着的。"他拍了拍几个口袋,"不要?"

他们一路上又碰到了几个塔里瑞人,但艾米见到的最大最令人作呕的塔里瑞人,当属杰克逊办公室里那位。杰克逊教授就坐在桌后。尽管旁边站着一个黏糊怪异的外星人,他身后的壮阔风景还是让艾米再次感慨万分。在傍晚昏暗的阳光中,灰白的月面反倒有了一丝温暖和壮丽,一改之前的荒凉乏味。

"你一定就是拉拉尔格了。"博士高兴地伸出手,在看了一眼外星人粗短黏腻的附肢后,又悻悻地说,"还是算了吧。"

"这真是喜出望外。"杰克逊说着,把带他们进来的塔里瑞人打发走了,然后轮番看着博士和艾米,"你们是来投降的?"

"其实我们是来喝茶的。"博士对他说,"上回的邀请还有效吧?"

高大的塔里瑞首领身形一震,发出咆哮。

"茶。"杰克逊若有所思地说,"一开始我很不情愿喝它,但不得不靠它来假装自己还是杰克逊。现在,我发现这种饮品确实有种令人愉悦的特质。不得不说,它是少数几样能使我得到的这具身体精神振奋的东西之一。"

"那是咖啡因和丹宁酸的奇效。"博士说,"我敢肯定这两种东西能抚慰灵魂。"他转向塔里瑞首领拉拉尔格,"你也该试试。"

那句话又挑起了更多的咆哮和颤动。

"算了。"博士赞同道,"那一定会扰乱你异常脆弱的内部环境,对不对?天生一副气球般的躯体,肯定会遇到不少麻烦。稍微受点伤,你们不是流血,而是炸裂。气压稍微有点变化,你们不是被压扁内爆,就是内压过大向外炸开。我能理解你们为何羡慕人类。但你们不能强夺他们的身体,知道吗?"

"为什么?"杰克逊问。

"因为你们不能。"艾米对他说,"那样不对,也不公平。那是谋杀,这就是为什么。"

"杰克逊教授是怎么想的?"博士问,"我猜他应该还在你体内。作为第一个被控制的人,你需要保存他的记忆和感情,以防别人发现异常。如果你一上来就把他抹成白板,必然会有人察觉。那可比忘记别人名字要糟糕多了——你相当于忘记了所有东西。"

杰克逊点点头,"他就在里面,"他敲了敲额头,"只有一小缕。而且他知道。我能感觉到,他残存的思维在挣扎着夺取控制权。可你知道吗?他的挣扎越来越微弱,越来越绝望。用不了多久,他就会彻底消失。"

"但他还有备份。我猜,他确实有备份?"

杰克逊微笑起来,"你知道他有。"他拉开办公桌抽屉,取出一瓶无色液体,"我大可以毁掉这东西,只是那样就真成了谋杀。"他将药瓶放在面前的桌上,"人类的思维……"他沉吟道。

"更何况你永远不知道,什么时候还会再需要他,不是吗?你仍可能需要杰克逊——比如他的设备出问题了,或者一些你需要用到的记忆消逝了。"

"有这个原因。"

"所以你打算怎么办?"艾米不安地看了一眼旁边那个颤颤巍巍的外星人,"你们黏球人不可能打得过训练有素的士兵。"

"你会大吃一惊的。"杰克逊说,"我们可以等待,而且更多的塔里瑞大军正在路上。这只是第一波传输。一旦我成功增强了杰克逊那些治疗设备的信号,主力军就会立刻抓取,从塔里瑞大举进犯。"

"我猜,就好像你一开始抓取信号那样?"博士追问道。

杰克逊微微一笑,"杰克逊,真正的杰克逊,甚至没意识到他的疗程在向外发射信号。那个信号很微弱,但已经足够了。我们的身体正在衰亡,博士。每一代塔里瑞人都比上一代更脆弱。我们一直在寻找新的形态,能够代替我们脆弱构造的容器。你能想象吗?当我的意识穿过精神信号,并在醒来后发现自己进入了这具身体时的那种狂喜。"他张开双臂。

"你甚至能拥有像我这样完美的身体。"艾米打趣道。

"我不会谎称这一切很容易。"杰克逊说,"我花了很长时间,才控制住杰克逊的意识,并最终取而代之,中间经历了许多问题和挫折。"

"比如可怜的丽兹·迪德布鲁克。"博士说。

"她的疗程不完整,"杰克逊对他们说,"但我因此得以修正问题。我把信号增强,保证了后面的传输都完美无缺。"

"所以,如果我们把杰克逊的设备都关掉,"艾米说,"就能阻止更多你们的人凭空出现啦。"

她身旁的塔里瑞人突然咆哮一声,听起来像是大笑,让人胆战心惊。

"我们控制了治疗室。卡莱尔少校和里夫上尉,永远不可能活着走到那里去。"

博士突然暴起，一把甩开杰克逊办公桌前的椅子，随即俯身越过办公桌，死死盯着杰克逊的眼睛，"谁允许你们强夺其他生命体的身体了？你到底觉得你们能得到什么？"

杰克逊不为所动地回瞪博士，"你说够了吗？"

"哦，我还没开始呢。"博士缓缓直起身子，半边垂下的外套不经意地扫过桌面，"我是来喝茶的，还记得吗？"

"那就好好喝你的茶，博士。"杰克逊说，"还有你，庞德小姐。我们很快就能包围这里的人类，并把他们重新做成白板。除了你，博士。对，你大可尽情享受你的茶，就算是你临终的请求吧。"

"哦，还是算了吧。"博士平静地说。

"恐怕这确实是你最后的请求了。你瞧，只要把茶喝完，你就该死了。"杰克逊从桌子后面举起一把塔里瑞武器对准了博士，"你会意识到自己的失败，而庞德小姐将被再次做成容器。我要你带着这些憾恨死去。这把枪设定到最高数值后，可以贯穿塔里瑞的铠甲，现在让我们看看，它能把一具血肉之躯弄成什么样子吧？"

## 24

餐厅被改造成了要塞,所有门都被堆积起来的桌椅封锁,仅留一个出入口。卡莱尔少校手动超控消防系统时,把整个基地的门都锁定在了开启状态,所以他们不得不靠人力七手八脚地把门关上。

士兵、科研人员和囚徒在餐厅里或坐或站,聚集成几个小圈子。菲莉普丝护士征用了一张桌子,给几个受轻伤的人处理伤口。唯一开启的门,由卡莱尔少校和几名士兵镇守着。

"他们肯定已经琢磨出我们在哪儿、在干什么了。"丽兹·迪德布鲁克说,她看上去苍白疲惫,但神志清明,因为再也没有外星人想要钻进她的脑子里了。

卡莱尔不得不同意她的说法,"等里夫上尉回来,我们就封锁这扇门。"

"然后呢?"

"然后我们等博士和艾米回来。"

卡莱尔发现,自己心怀的希望,不知何时已经成了确信。她毫不怀疑博士会解决一切问题。尽管这个人的外表和年龄都算不上靠谱，可她还是莫名其妙地相信他。因为他有一双饱经风霜的眼睛。她甚至不敢想象，要经历过什么才会有一双那样的眼睛。他曾经面对过多少绝境，曾经又做过什么……

一阵急促的脚步声表明，里夫和他手下的人回来了。他们出去是为了尽量找到更多的人——让他们小心且迅速地集中到餐厅来。

"我们后面紧跟着黏球人。"里夫警告道，"不算太多。绝大部分敌人好像都在镇守治疗室。"

"或许那就是他们接收援军的地方。"卡莱尔猜测道。

"我觉得可以一战。"里夫提议道，"现在我们手上有两把他们的枪了。"

她摇摇头，"我们要按照博士的指示原地待命。不过可以不封锁这扇门，以便随时把握时机做点什么，同时也要保留一个逃生出口。"

"现在至少知道子弹能管用。"里夫上尉说着，看了看自己的手枪，"不过我们没多少弹药了，再加上武器库被封锁，我们无法得到补给。"

第一个塔里瑞人从通道拐角处缓步出现，后面几个也举着枪，挺着叮当作响的铠甲谨慎跟随。一股能量光束从里夫身边穿过，把门框炸掉一块。

"那我们就让每一颗子弹物尽其用。"卡莱尔说。

博士在茶缸旁忙碌着,仿佛他和艾米真的是来杰克逊办公室泡茶聊天的。他举起盖子,嗅了嗅伯爵红茶的香味,随后从旁边的小架子上拿起一把长柄小勺,小心仔细地搅动。

"你真的不来一杯吗?"他问艾米。

"我不喝没有奶的茶,谢谢。"

博士转向塔里瑞首领拉拉尔格,"我猜你也不需要吧。如果你有朝一日能使用人类身体,倒是真的应该试试。"博士拿起一个杯子放在茶缸下,打开了龙头,"当然,你是没那个机会的。"

倒好第二杯茶后,博士走回桌边,将其中一杯递给杰克逊,随后把刚才拖开的椅子拉回来,一屁股坐上去,舒爽地"啊——!"了一声。

拉拉尔格的震颤越来越吓人,还不断发出恼怒的含糊低吼。

杰克逊露出包容的微笑,啜饮一口茶水。"别担心。"他对自己的首领说,"这很快就结束了。"

"不会太烫吧?"博士彬彬有礼地问。

"正合我意,谢谢。"

博士放下茶杯,靠在椅背上。"最后一个机会。"他歪过头,同时看着拉拉尔格和杰克逊,"你们是否投降并撤退,永远不再进犯这片天空？"

杰克逊放声大笑，"非常有趣，博士。但恐怕这一切要结束了。"

"你说得一点没错。"博士说。

"那他的意思是'不'啦？"艾米问道。她完全猜不透博士在干什么，但很肯定他马上就要搞出什么名堂来了。

拉拉尔格发出一声低沉的威吓，眼睛里翻腾着怒气。它的意思很明显：立刻把他杀了！

杰克逊抬起一只手，"等一会儿，我保证。"

"他不知道，对不对？"博士说。

杰克逊皱起眉，"不知道什么？"

"最后一次机会——投降，还是吞下恶果。"

拉拉尔格扑哧扑哧地冲向博士。

杰克逊把茶一口喝干，将茶杯放在他拿出的小药瓶边上。他再次举起了枪。"确实有人要吞下恶果了。"他说。

"我们的黏球人朋友不知道什么？"艾米追问道。

博士脸上带着微笑，"它不知道自己被骗了。它不知道杰克逊教授根本不是塔里瑞人。被囚禁在此的根本不是我们，"他转向那团不断闪烁微光的球体，"而是你。"

塔里瑞人猛地转过头，向杰克逊投去责难的目光。

"他在虚张声势。"杰克逊说，"我增强信号，打开通路，让你输送特攻部队。这无非是他可悲的孤注一掷……"杰克逊飞快地眨了几下眼睛，仿佛在寻找正确的词汇，"想挑拨离间，让我们内讧。"他身体前倾，淡蓝色的眼睛紧盯着办公桌另一头的博士。

"嗯？"博士问道，"你有话想对我说吗？"

"我只想对你说，到此为止了。我告诉过你，杰克逊的思维已经彻底被我压制了。"

"没错，我记得你说了。"

"并且他的备份也在我手上。安然无恙。"他指着茶杯旁的小药瓶。

"是的，我看见了。"

"你说那个药瓶吗？"艾米说着皱起了眉头。仔细一看，她才发现那东西有点异常，"你说，那个空药瓶。"她恍然大悟。

杰克逊直勾勾地盯着那个小玻璃瓶，瞪大的眼中满是震惊。

拉拉尔格扑了过来，一只黏糊糊的手抄起药瓶，恨不得按到博士脸上。同时，它还张开裂缝一样的大嘴又喷又吐，激动得浑身颤个不停。

"里面的水去哪儿了？"博士翻译了它的话，"哦，我觉得答案很明显。"他朝一脸苍白的杰克逊努努嘴，"我加到他的茶里去了。"

"自始至终。"杰克逊平静地说了起来，声音比之前更有温度，也更具感情，"每时每刻，我都知道发生了什么。我想逃跑——想从我自己的精神牢狱中逃脱。我好不容易掌握了片刻时间，将部分记忆传输给九号囚徒。我希望那样能够让你警醒，博士。可那就好像从我自己脑子里，通过一扇小窗向外窥探。说到窗子……"他看向博士，"没错，那就是答案了。我记得你说过什么，博士。谢谢你，再见。"

"不！"博士大喊一声，"不不不——别那样！"

他伸长手臂越过桌子，想抓住已经站起身的杰克逊。

拉拉尔格拖着臃肿的身体迅速行动起来。那东西往前一扑，把博士撞开了。与此同时，它又挥舞着肿胀的手臂，把杰克逊打得飞了出去，最后跌落在地。

"找东西抓住！"博士对艾米大喊。

她紧紧抓住焊在墙上的书架，"为什么？"

"给我抓紧了！"

拉拉尔格逼近杰克逊。他不断向后退去，同时摸索着被撞倒时脱手的塔里瑞武器。他找到枪，举起来，扣动了扳机。

可他对准的并非正欲向他发起攻击的外星生物，而是办公桌后那扇全景窗。

玻璃应声而碎，瞬间便随着从基地倾泻而出的空气飞向宇宙真空。警报响起，桌上的茶杯和空药瓶射出窗外；架子上的书本被接二连三地扯出来，纸张在空中狂乱地翻卷打旋儿。

塔里瑞首领发出痛苦愤怒的哀号，下一刻便像充过头的气球般炸开了花，黏糊的液体溅满整个房间，铠甲片疯狂地四下飞舞。

艾米死死抓住书架边缘，顾不上被风吹得糊了满脸的头发，拼命稳住自己，不让风把她吸向打碎的窗户。

房间另一头，杰克逊心满意足地微笑起来。下一刻他便消失了，身体翻滚过灰色月面，后面跟着一串从基地喷洒出的碎片和残骸。

"失压警报！"里夫上尉在警铃声中大喊着，"抓稳了！"

"把门关上，"卡莱尔下令道，"可以减缓空气流失。"

走道上，一阵突如其来、席卷基地的横风，把塔里瑞人扫了一个趔趄。它们纷纷向后跌倒，突然降低的气压使它们的身体膨胀起来。紧接着，它们便像自家首领那般炸开了——灰绿色的黏液溅满了整个通道。

"真够恶心的！"卡莱尔说着，用力把门拉上了。

整个戴安娜基地的塔里瑞人，都在遭遇同样的命运。由于大门被锁定开启，基地整体都陷入了空气流失的失压状态。空气泵满负荷运转，应急系统发出关闭舱板的信号——但毫无作用，因为卡莱尔少校稍早前已经修改了系统。

在杰克逊的办公室内，博士正死死抓住沉重的办公桌边缘。

"过来帮帮忙,艾米!"他大叫道。

"我才不要松手!"她回应道。

然而事与愿违,她感到双脚正被拖开,扒在金属板上的手指也开始打滑。

"我会接住你的。"博士承诺道。

她没有别的选择。艾米的手指终于彻底滑开,整个人被吸着朝窗口翻滚而去。

博士瞅准她来到身边的时机,一伸手将她抱住,猛地拖到桌子底下。

现在整张桌子都在滑动,一点一点被拖向打碎的窗户。

"我们要算好时机!"博士在嘈杂的泄压声中喊道。他正紧紧抓着支撑办公桌的桌腿之一。

艾米点点头。她突然明白博士要干什么了,于是也学他的样子抓住另一条桌腿。"数到三。"

博士咧嘴一笑,大喊一声:"三!"

两人同时抬起桌子侧翻过来,倒下的桌板霎时兜住汹涌泄漏的气流飞过了房间。桌面比窗户上的洞要大,只见办公桌一头撞在破洞上,把它堵了个严丝合缝。气压差把桌子稳稳固定在上面,仿佛是被胶水糊在墙上的。

博士拍了拍手上的灰。"比赛结果。"他说。

"好人一比零获胜。"艾米气喘吁吁地说,"我们该到餐厅去了。"

博士咧嘴一笑,"等我把这个房间密封起来,再把杰克逊设备上的导航信号关掉,然后我们就能去享用肉桂小面包了。哦,是的。"

## 25

"没有量子链——"沃林斯基上将说,"戴安娜基地将无法维持下去。"

"老实说,我很惊讶它能运转这么长时间。"博士对他说,"那整套设备非常不稳定,随时都可能失灵。"

博士和艾米坐在沃林斯基的办公室里,旁边还有坎蒂丝·赫克和詹宁斯特工。

"不过,你想办法让量子位移系统稳定了足够长时间,把你和庞德小姐送回来了。"詹宁斯特工说。

"差不多吧。"艾米赞同道。

"同时,帕特·阿什顿预计在几个小时内溅落[1]。"坎蒂丝说,"他那边氧气值有点低,但没什么大问题。"

"我们得再发动一次登月计划,把所有人带回来。"沃林斯基说,"可惜他们无法跟你们一块儿回来。"

---

1. 指重物从高空落入江河湖海中,特指人造卫星、宇宙飞船、火箭等返回地球时,按预定计划落入海洋。

"他们有点忙,"艾米说,"我们就自己溜出来了。"

"让他们自己去打扫卫生,检查基地是否再无疏漏,洗洗刷刷。"博士说,"哦,还要拆掉杰克逊的设备,以防什么人觉得它还能抢救一下,再把它给修复了。"

"我们怎么把上面的人接回来?"詹宁斯问道。

"我们能请你再帮一次忙吗,博士?"坎蒂丝说。

"哦,你们懂的,我还有很多事情要做,有很多人要见,有很多外星人入侵要阻止。不过我这儿有些笔记,可以教你们如何将退役的航天飞机改装起来,发射到月球上。而且只要有机会,我也会来看两眼。"

"我怎么感觉你在敷衍了事?"坎蒂丝说。

"你们能应付过来。"博士对她说,"你们会干得非常棒。"

"那些囚徒怎么办?"艾米问,"他们不应该被押送到另一个世界。这就好像流放制度死灰复燃了一样。"

詹宁斯说:"根据总统签署的新计划,大多数人都会获释。此前的情况主要是因为杰克逊,或者说受操纵他的外星人的影响。至于其他人,我会确保他们受到公平对待。我保证,他们将会得到合理待遇。"

"最好如此。"博士说,"我会一直关注此事。"

"我相信你,博士。"

"我知道你想离开,"沃林斯基说,"想必还有一堆报告和表格等着你填写。"

"毫无疑问。"博士说。

"但我们还是需要对二位进行详细盘问,那恐怕会花上一点时间;同时,我们可能都有一些需要刨根问底的问题。当然,我会先知会你的上级。你之前说自己属于哪个机构来着?"

博士和艾米对视一眼。"我跟你说——"博士说,"不如先让我们去泡杯咖啡什么的,很快就回来。"

詹宁斯从不离身的墨镜下,嘴角一动,拧出一个微笑,"没问题,我觉得稍微休息一下挺好的。"

"再见啦。"艾米说,"我的意思是,等会儿见。"

"对。"博士说,"等会儿见。这真是……真的。"

在等待博士和艾米回来的这段时间里,坎蒂丝替其他人冲了咖啡。

"他带来的那个蓝盒子究竟是什么?"沃林斯基问。

"我还没看过。"坎蒂丝承认道,"不过我倒是听到一个很奇怪的声音,不知你听见没?一阵呼哧呼哧的刺耳声音。"

"好像喘不过气来那种声音?"沃林斯基说,"我们都听见了,好像是从外面传来的。不知道哪里开了扇窗,办公室里还有几张纸被吹走了。"

"然而,"詹宁斯特工慢条斯理地说,"这是一座壁垒森严的建筑,没有一扇窗能打开。"他摘下墨镜,揉了揉鼻梁,"其实,我觉得那两个人不会回来了。"

"何出此言?"坎蒂丝问。

"直觉而已。"他说,"第六感。"他突然微笑起来,"而且我看过UNIT的文件。"

坎蒂丝猛然发现,她从未见过詹宁斯特工的眼睛。她本以为那会是一双漆黑冰冷的眸子,一如他手上的墨镜。但实际上,他有一双炯炯有神、明亮开朗的绿眼睛。